Mariage interdit

1

Œuvre originale
Chun Ji Hye

Dessin
SANCHAEK

KBOOKS

SOMMAIRE

CHAPITRE 1 004
CHAPITRE 2 026
CHAPITRE 3 044
CHAPITRE 4 066
CHAPITRE 5 085
CHAPITRE 6 105
CHAPITRE 7 122
CHAPITRE 8 137
CHAPITRE 9 156
CHAPITRE 10 175
CHAPITRE 11 192
CHAPITRE 12 214
CHAPITRE 13 234
CHAPITRE 14 251
CHAPITRE 15 269
CHAPITRE 16 288

CHAPITRE 01

VOICI JOSEON, L'ÈRE OÙ LES GARÇONS ET LES FILLES NE POUVAIENT PLUS S'ASSOIR À CÔTÉ PASSÉ SEPT ANS.
L'ÉPOQUE OÙ LES HOMMES ET LES FEMMES NE POUVAIENT RÊVER DE SE RENCONTRER LIBREMENT POUR JOUIR D'UN AMOUR DÉSIRÉ.
MÊME S'ILS AVAIENT BEAU ÊTRE PROMIS AU MARIAGE DEPUIS LONGTEMPS...
ILS NE POUVAIENT PAS NE SERAIT-CE QUE SE TENIR LA MAIN AVANT LA CÉRÉMONIE.
JOSEON, CETTE PÉRIODE SOMBRE DE L'AMOUR OÙ MÊME SE REGARDER DANS LES YEUX ÉTAIT IMPOSSIBLE.
ET POUR COURONNER LE TOUT, ON NE SUT SI CE FUT UN COUP DES ESPRITS MORTS CÉLIBATAIRES, MAIS...

LE PAYS SE VIT IMPOSER UN DÉCRET ROYAL INTERDISANT LE MARIAGE...
UNE INTERDICTION DE SEPT ANS.
DÉSORMAIS, AUCUN JEUNE HOMME OU JEUNE FEMME NE POUVAIT SE MARIER AVEC QUI QUE CE SOIT !

GROAK
FAUT-IL VRAIMENT EN ARRIVER LÀ ?
VERSER UNE DROGUE DANS LE THÉ DU ROI EST UN CRIME DE LÈSE-MAJESTÉ !
ON PEUT BIEN ME COUPER LA LANGUE POUR COMPLOT…
MAIS JE DOIS LE FAIRE.
MAIS…
LE GOÛTEUR DE THÉ…
OH ? C'EST VRAI QU'IL N'Y EN A JAMAIS EU.

HUM HUM
NON... RIEN.
...
NE TREMBLEZ PAS.
C'EST POUR LE BIEN DE LA NATION.
OUI...
OÙ EST LA FILLE QUE L'ON A FAIT VENIR AUJOURD'HUI ?
APPROCHE !

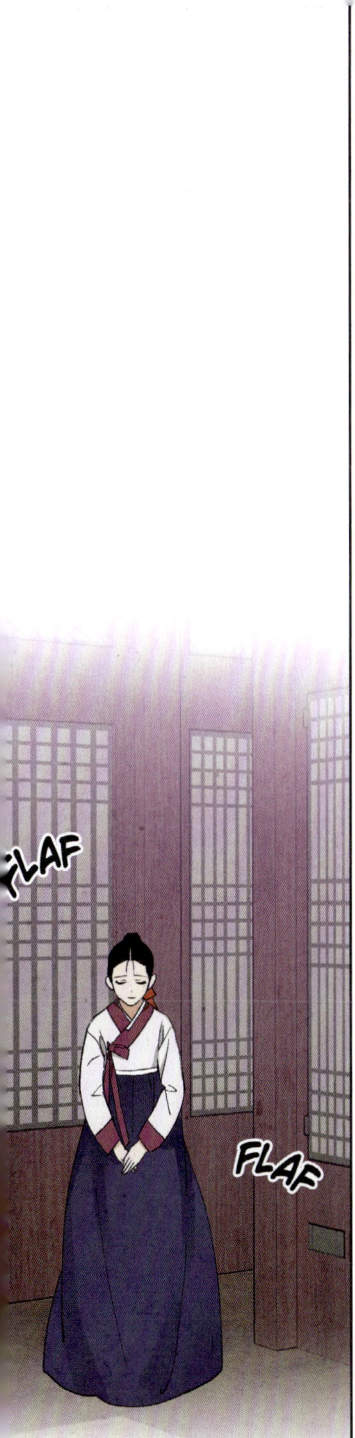
FLAF

JE M'APPELLE CHORAN.

*NDT : Je me lève tout grand, pas comme à mon habitude.

MAIS SON ALTESSE N'EST PAS UN HOMME COMME TOUT LE MONDE, N'EST-CE PAS ?
SI NOUS N'ARRIVONS PAS À FAIRE BOUGER LE ROI AVEC CETTE MÉTHODE…
SI J'ÉCHOUE ENCORE…
LE ROI…
NE POURRA PAS FAIRE CESSER LES RUMEURS SUR LE FAIT QU'IL AIME UNE DÉFUNTE OU UN HOMME. NOUS DEVONS RÉUSSIR !
MAJESTÉ, LE THÉ EST PRÊT.
ENTREZ.
SHHH
FFT

QUOI ?!
C'EST VRAIMENT LUI, LE ROI ?
BABOUM
BABOUM
QUI EST-CE ?
COMMENT EST-CE POSSIBLE ?!
JE M'ATTENDAIS À CE QU'IL SOIT COMME LES RUMEURS LE DÉCRIVENT, UN HOMME TYRANNIQUE ET LAID...
JE VOUS PRÉSENTE CHORAN. ELLE REMPLACE LA JEUNE FILLE TOMBÉE MALADE.
NOUS AVONS FAIT PRÉPARER UN THÉ QUI VOUS AIDERA POUR VOTRE INSOMNIE.

VOILÀ UN HOMME QUI CHARMERAIT N'IMPORTE QUELLE FEMME…
MÊME SI SON REGARD EST FROID !
IL EST D'UNE BEAUTÉ IRÉELLE.
INSOLENTE. POURQUOI ME FIXES-TU ? DÉPÊCHE-TOI DE ME SERVIR LE THÉ.
OUI… E… EXCUSEZ-MOI.
TAC
GLOU
FFT
GLOU

GLOU
...
GLOU
LAISSEZ-MOI VOUS RES-SERVIR.
FIOU !
LE THÉ ÉTAIT TRÈS CHAUD.
J'AI LE CORPS BOUILLANT AVEC UNE SEULE TASSE...
GLOU
EH OUI, IL A BEAU ÊTRE UN SÉDUISANT SOUVERAIN...
PAF
FSH
FACE À UNE DROGUE QUI ENJÔLE LE CORPS, IL N'EST PLUS QU'UN FAIBLE JEUNE HOMME !
FIOU
JE NE SAIS PAS POURQUOI, MAIS J'AI LE CORPS TOUT CHAUD...

PARFAIT !
CE SOIR...
LA PARTIE EST DÉJÀ GAGNÉE !
VOUS AVEZ L'AIR D'AVOIR VRAIMENT CHAUD.
FLOUP
VU COMMENT SE DÉROULENT LES CHOSES, C'EST DANS LA POCHE !
LAISSEZ CETTE CONCUBINE VOUS AIDER À VOUS DÉSHABILLER.
CONCUBINE...?
VERTIGE
FLOU
...
VERTIGE
FLFF

POURQUOI...
AI-JE SI CHAUD QUE J'EN AI DES VERTIGES ?

HAA

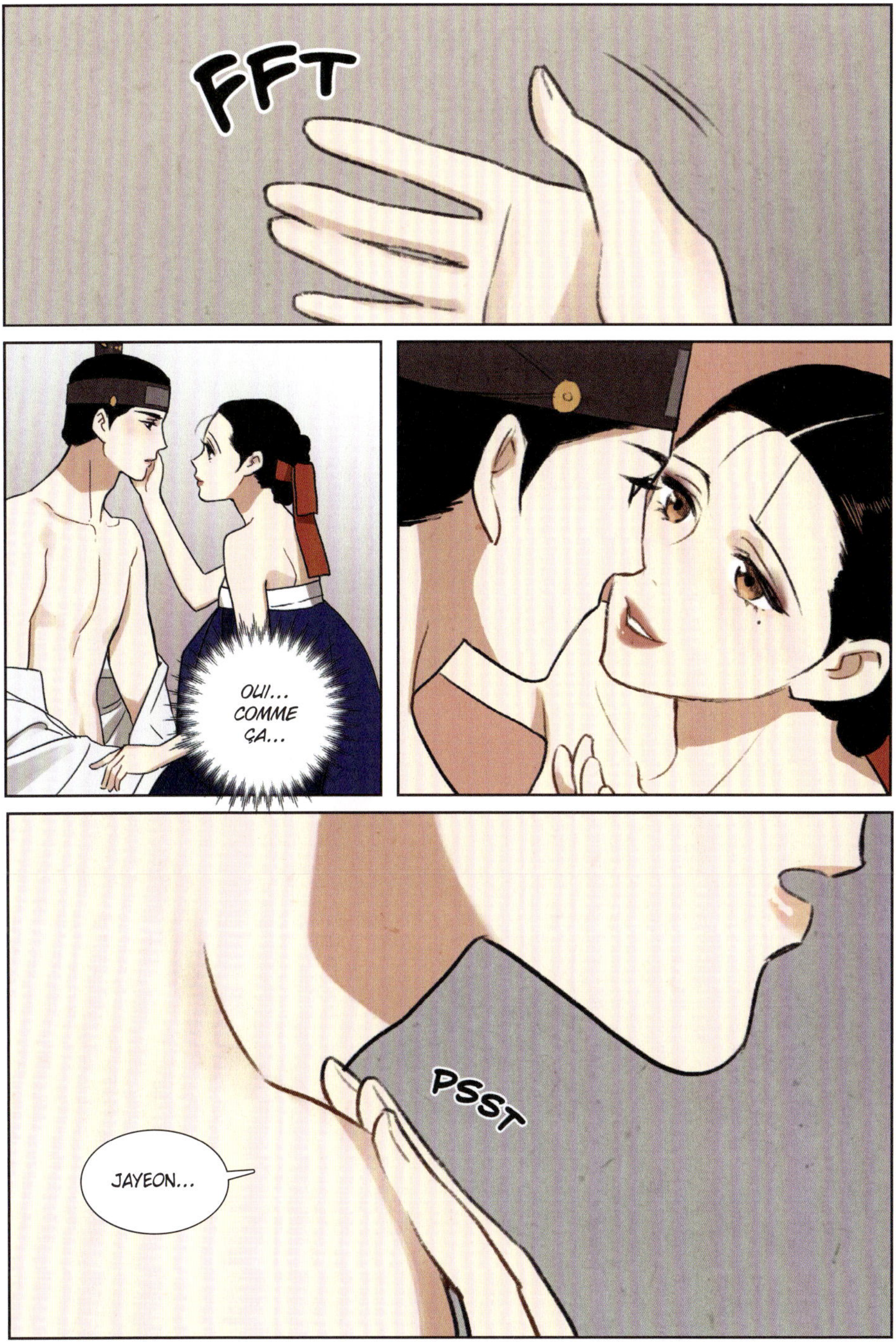
FFT
OUI… COMME ÇA…
PSST
JAYEON…

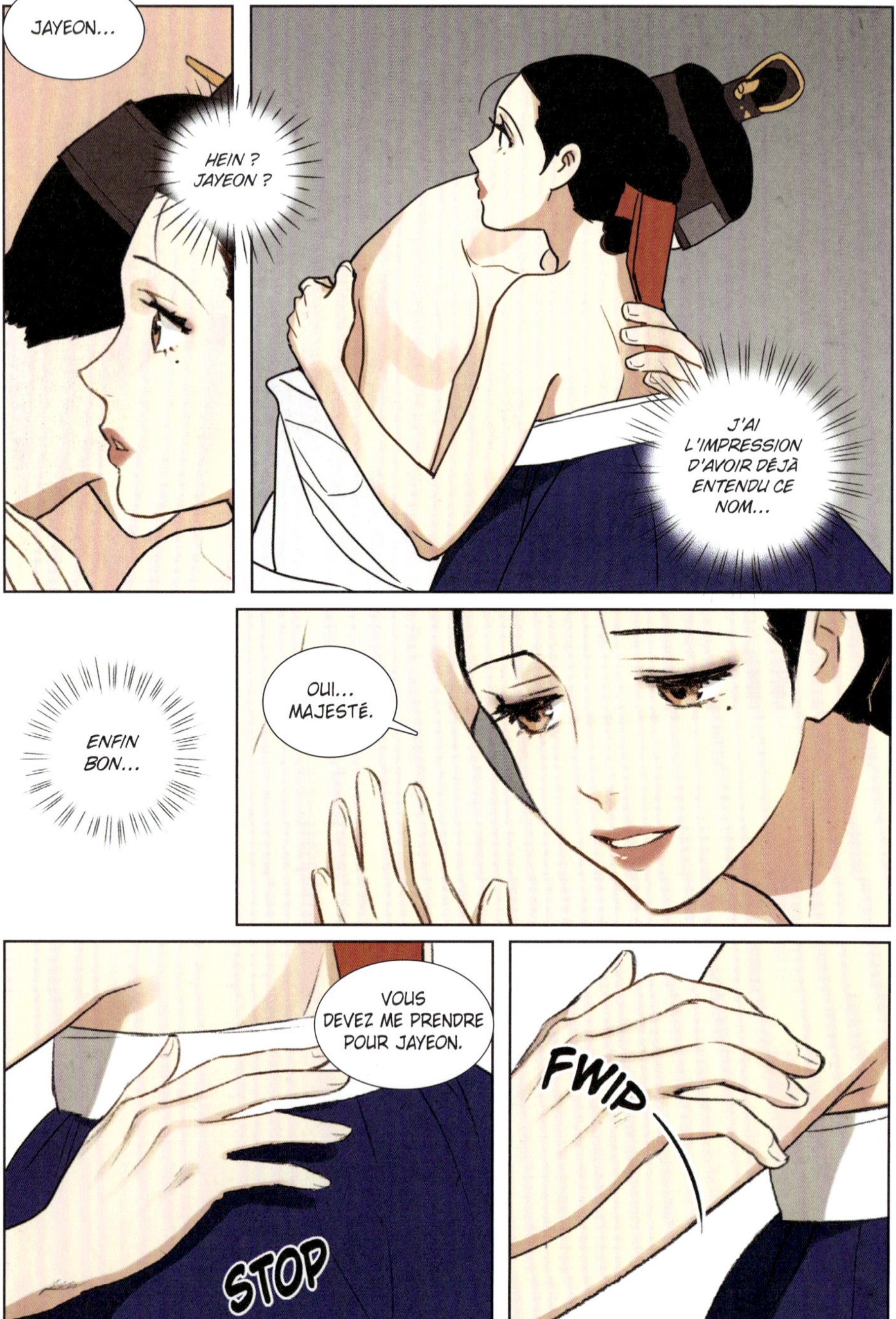
JAYEON...
HEIN ? JAYEON ?
J'AI L'IMPRESSION D'AVOIR DÉJÀ ENTENDU CE NOM...
ENFIN BON...
OUI... MAJESTÉ.
VOUS DEVEZ ME PRENDRE POUR JAYEON.
STOP
FWIP

QUI OSE PRONONCER CE NOM ?
TAC
AH !
LA DROGUE NE FAIT PLUS EFFET ?

KYAAAH !
VLAM !
AH... MAJESTÉ... AYEZ PITIÉ DE MOI !
FRFF

OÙ EST L'EUNUQUE RESPONSABLE DU THÉ ?!
JE SUIS LÀ, MAJESTÉ.
FWIT
...
FFT
QUI A ÉLABORÉ CE PLAN ?
C'ÉTAIT... MON IDÉE.
TUEZ-MOI !
COMMENT ?!
VLAM

BA
DA
BOUM
!
POURQUOI AS-TU FAIT UNE CHOSE PAREILLE ?!
C'ÉTAIT… POUR LE BIEN DE LA FAMILLE ROYALE.
MAJESTÉ, JE VOUS EN IMPLORE…
MARIEZ-VOUS !!
OUII
IIN

SI LE DÉCRET D'INTERDICTION DU MARIAGE AVAIT ÉTÉ IMPOSÉ...
C'ÉTAIT À CAUSE DE LA MORT SOUDAINE DE LA PROMISE DU ROI, SEPT ANS PLUS TÔT.
LE PALAIS AVAIT DÉCRÉTÉ QU'ELLE AVAIT MIS FIN À SES JOURS ET S'ÉTAIT EMPRESSÉ DE CACHER LES FAITS.
MAIS LE ROI, ENCORE PRINCE À L'ÉPOQUE, PENSAIT QUE QUELQU'UN L'AVAIT ASSASSINÉE.
C'EST AINSI QU'À CHAQUE FOIS QU'IL DUT CHOISIR UNE NOUVELLE FIANCÉE, IL UTILISA DIVERSES MÉTHODES POUR REPOUSSER LES CHOSES.
MÊME APRÈS ÊTRE DEVENU ROI, IL NE SE MARIA POINT, ALLANT JUSQU'À PROMULGER UNE INTERDICTION DE MARIAGE QUI DURE DEPUIS SEPT ANS.

VOUS POUVEZ ME TUER MAIS… MARIEZ-VOUS…
LES RUMEURS CIRCULENT DE PLUS EN PLUS ! S'IL VOUS PLAÎT, TROUVEZ-VOUS UNE REINE !
TU VEUX VRAIMENT…
SHLANG
MOURIR !
WOUSH
MAMAN ! C'EST LA FIN !

SCHLANG
HEIN...?
!!
C'EST...?
CELA FAISAIT LONGTEMPS, MAJESTÉ.

CHAPITRE
02

CELA FAISAIT LONGTEMPS, MAJESTÉ.
HEIN ?
L'INSPECTEUR LEE SINWON !
C'EST...?
...
SORTEZ.

CRIII
ILS NE VONT PAS S'ENTRETUER, QUAND MÊME ?
MAIS NON, CE SONT DES AMIS D'ENFANCE.
JE VOIS QUE VOUS AVEZ BIEN GRANDI PENDANT MON ABSENCE.
TU OSES T'OPPOSER À MOI ?
COMMENT OSERAIS-JE, MAJESTÉ ?
JE SUIS SEULEMENT VENU VOIR COMMENT VOUS ALLIEZ, APRÈS AVOIR ENTENDU QUE VOTRE ÉTAT AVAIT EMPIRÉ.
DE GRÂCE, OUBLIEZ VOTRE DÉFUNTE ÉPOUSE...
ET RETROUVEZ LA SÉRÉNITÉ GRÂCE À UNE NOUVELLE REINE.

HWIK
DÉFUNTE… MA DÉFUNTE ÉPOUSE ?!
DAM
GRRR
SHLANG
SHLING
SHLANG
UNE NOUVELLE FEMME ? COMMENT… NE COMPRENDS-TU PAS CE QUE JE RESSENS ?!
MON CŒUR NE PEUT SE VOUER À UNE AUTRE FEMME !

JE LE SAIS. MAIS CONSIDÉREZ AUSSI LES SENTIMENTS DU PEUPLE QUI SUBIT CETTE INTERDICTION DE MARIAGE, MAJESTÉ !
NOUS, LES MILITAIRES, CELA FAIT SEPT ANS QUE NOUS ARRÊTONS LES GENS QUI SE MARIENT.
CE N'EST PAS UN CRIME DE RENCONTRER QUELQU'UN DE NOUVEAU.
LES GENS COMMENCENT À VOUS HAÏR ET L'OPINION PUBLIQUE S'EN TROUVE ÉBRANLÉE.
LES RUES REGORGENT DE MARIEURS CHARLATANS QUI VOLENT L'ARGENT DU PEUPLE EN JOUANT SUR LE DÉSIR AMOUREUX DE CE DERNIER.
...
FFT

FRSCH
SI VOUS ACCEPTIEZ UNE NOUVELLE REINE, ON POURRAIT METTRE FIN À CE DÉCRET ANTI-MARIAGE QUI NE FAIT QUE TROP DURER.

...

SI JAMAIS CE DÉCRET EST ANNULÉ...
TOI AUSSI, TU ARRIVERAS À ÊTRE EN PAIX AVEC TES SENTIMENTS ET TU TE MARIERAS ?
JE LE SAIS, TOI AUSSI, TU AS UN PASSÉ QUE TU NE PEUX OUBLIER.
CETTE FEMME QUI A DISPARU LE JOUR DE TON MARIAGE, IL Y A SEPT ANS...

N'ES-TU PAS ENCORE EN TRAIN DE LA CHERCHER ?
FRSCH
...
FWIP

AIMER À NOUVEAU ALORS QU'UNE AUTRE NOUS MANQUE…
CLANG
NOUS SOMMES PAREILS, TOUS LES DEUX.
C'EST POUR CELA QUE TU ES LE SEUL À POUVOIR ME COMPRENDRE.
LE MONDE ENTIER PEUT BIEN ME POINTER DU DOIGT ET ME TRAITER DE TYRAN…

TU ME PROTÉGERAS JUSQU'AU BOUT, N'EST-CE PAS ?
INSPECTEUR LEE SINWON, J'AI FOI EN TA LOYAUTÉ.

MAIS LA LOI NATIONALE EST IMPÉRIEUSE.
LES PERSONNES QUI ENFREIGNENT LE DÉCRET ET SE MARIENT SONT EN TORT.
CEUX QUI SE LIENT EN SECRET, ET LES CHARLATANS QUI JOUENT LES ENTREMETTEURS, DOIVENT ÊTRE SÉVÈREMENT RÉPRIMANDÉS.
TCHAK
C'EST UN ORDRE ! ARRÊTE TOUS CEUX QUI ENFREIGNENT LA LOI OU QUI TROUBLENT L'OPINION PUBLIQUE !

CUI
CUI
CUI
CUI

CETTE VIE…
TCHAK
N'A D'AUTRE CHOIX QUE D'ÊTRE AINSI !

…
FLAP
FLAP

QUE VENEZ-VOUS DE DIRE ?
VOUS NOUS AVEZ PARLÉ ?
ELLE EST BIZARRE...
HUM !
ET MADAME, BIEN QUE TIMIDE, DEVIENDRA UNE AMIE POUR LA VIE DÈS QU'ELLE AURA OUVERT SON CŒUR !
ON VOIT TOUT DE SUITE LA BONNE PHYSIONOMIE ET LA ROBUSTESSE DE MONSIEUR !
ON VOIT BIEN LE FIL ROUGE DE VOTRE DESTINÉE DE COUPLE...
MAIS QUELLE MISÈRE...

PERSONNE NE PEUT SE MARIER...
FFT
ET VOTRE FIL EST TOUT EMMÊLÉ...

QUI... QUI ÊTES-VOUS ?
QUI JE SUIS ?
TCHAK
TCHAK
THÉ D
JE SUIS YE SORANG, LA PROPRIÉTAIRE DE CE SALON DE THÉ SPÉCIALISÉ DANS LA DIVINATION, "AEDALDANG" !
JE SUIS CONNUE OFFICIEUSEMENT JUSQUE DANS LA CAPITALE EN TANT QUE CHAMANE MARITALE.
THÉ DIVINATOIRE
AEDALDANG
AEDALDANG...?
UN LIEU OÙ L'ON AVISE SUR L'AMOUR.
BON ! ENTREZ, NOUS EN DISCUTERONS AUTOUR D'UNE TASSE DE THÉ.
JE VOUS EXPLIQUERAI EN DÉTAIL COMMENT FAIRE POUR VOUS LIER.
SERAIT-CE... LA CHARLATAN DES RUMEURS ?
SI VOUS SUIVEZ MES RECOMMANDATIONS, VOTRE AMOUR DEVIENDRA VRAI, QU'IMPORTE LA DÉSAPPROBATION DE VOS PARENTS OU DE DIEU !

C'EST ABSURDE !
BLUUSH
CET HOMME EST MON FRÈRE !
AH !
COMMENT OSEZ-VOUS DIRE QUE VOUS ALLEZ NOUS LIER D'AMOUR ?!
PSST
PSST
SE MARIER ?
SON FRÈRE ?
QU'EST-CE QUI SE PASSE ?

AH, EUH… EH BIEN…
VOUS DITES DES CHOSES SANS FONDEMENT JUSTE PARCE QUE VOUS VOYEZ UN HOMME ET UNE FEMME ENSEMBLE…
VOUS ÊTES FORCÉMENT L'ESCROC DONT ON N'ARRÊTE PAS DE PARLER !
M… MOI ? JE N'AI FAIT QUE DIRE CE QUE J'AI VU GRÂCE À MON DON…
QUE FAIRE ?

BLA
SI ÇA CONTINUE…
BLA
UNE FAUSSE ENTREMETTEUSE ?
ILS VONT DÉCOUVRIR LA VÉRITÉ !
SHAAA
NOM : YE SORANG
PROFESSION : ENTREMETTEUSE CHARLATAN ET HÉROÏNE DE CETTE HISTOIRE

CHAPITRE
03

C'EST ABSURDE !
BLUSH
CET HOMME EST MON FRÈRE !
QU'EST-CE QUI SE PASSE ?
SON FRÈRE ?
COMMENT OSEZ-VOUS DIRE QUE VOUS ALLEZ NOUS LIER D'AMOUR ?!
SE MARIER ?
PST
PST
VOUS ÊTES FORCÉMENT L'ESCROC DONT ON N'ARRÊTE PAS DE PARLER !
AH !

QUE FAIRE ?
BOBOUM
SI ÇA CONTINUE…
C'EST UNE ESCROC, QU'ILS DISENT !
BLA
BLA
BOBOUM
ILS VONT DÉCOUVRIR LA VÉRITÉ !

AHEM !
ÉCOUTEZ BIEN. VOUS DEUX...
VOUS AVEZ UN SECRET DE NAISSANCE !
PUISQUE LES CHOSES ONT ÉTÉ RÉVÉLÉES, AUTANT DIRE TOUTE LA VÉRITÉ.
TCHAK
GRAND-PÈRE GAEYI !
LE MEILLEUR CHAMAN MARITAL DE LA CAPITALE : GAEYI
(GAEYI : QUI EST À L'ÉCOUTE)
BROUHAHA
?
QU'EST-CE QUI SE PASSE ?
BROUHAHA
OH !
OH !
EH BEH !

UN SECRET DE NAISSANCE ?!
IL JOUE LE TOUT POUR LE TOUT ?!
VOUS VOUS CROYEZ FRÈRE ET SŒUR, MAIS EN RÉALITÉ, VOUS N'AVEZ AUCUN LIEN DE SANG.
QUAND VOUS ÉTIEZ JEUNES, VOUS VIVIEZ SÉPARÉS ET VOUS VOUS ÊTES RETROUVÉS PLUS TARD, PAS VRAI ?
C'EST POUR ÇA QUE VOUS VOYEZ VOTRE FRÈRE COMME UN HOMME.
FFT
FFT

RENTREZ CHEZ VOUS ET DEMANDEZ À VOS PARENTS DE VOUS RACONTER TOUTE L'HISTOIRE.
VOUS PENSEZ AVOIR LE MÊME PÈRE, MAIS CE N'EST PAS LE CAS.
THÉ DIVINATOIRE
AEDALDANG
MAIS QU'EST-CE QUE...?
CE SERA À VOUS DE DÉMÊLER LE FIL ROUGE DE VOTRE DESTIN.
BOYEONG !
FWIT
TA
DA
DAP
MERCI !
MERCI !
BOYEONG !

ATTENDS-MOI, BOYEONG !
BROUHAHA
BROUHAHA
IL PARAÎT QU'ILS N'ÉTAIENT PAS LIÉS PAR LE SANG !
C'EST INCROYABLE !
MON DIEU !
SI VOUS AVEZ LA MOINDRE QUESTION, N'HÉSITEZ PAS À VENIR NOUS VOIR !
NG
ALDANG
HA HA HA HA

NOUS VOUS ATTEN-DONS !
VIOUP
VIOUP
ET FAITES PARLER DE NOUS !
TCHOP
AÏE !
AÏE AÏE AÏE ! QU'EST-CE QUI TE PREND ?!
HWIIIIK
HWIK
HWIK
LÂCHE-MOI !

LÂCHE-MOI, BON SANG !
VLAM
SORANG !
NE T'AVAIS-JE PAS DIT DE RESTER DISCRÈTE À HANYANG ?!
TU N'AS AUCUN DON À PART CELUI D'ESCROQUER LES GENS !
COMPARÉ À TON DON QUI VIENT PAR INTERMITTENCE, MON SENS DE L'OBSERVATION EST BEAUCOUP PLUS EFFICACE.
PAR-DON ?!
GRMBL
T'ÉTAIS BIEN CONTENT DU TRAIN DE VIE QUE JE NOUS AI OFFERT GRÂCE À MON DON. ALORS POURQUOI TU VIENS T'EN PLAINDRE MAINTENANT ?
GRR...
NOUS SOMMES À LA CAPITALE, DÉSORMAIS.

ON S'ÉTAIT DIT QUE MAINTENANT QU'ON ÉTAIT INSTALLÉS, ON ARRÊTERAIT CETTE ESCROQUERIE !
LE GOUVERNEMENT FAIT DE PLUS EN PLUS ATTENTION À CEUX QUI ENFREIGNENT LE DÉCRET ANTI-MARIAGE.
SI ON SE FAIT REMARQUER, ON EST MORTS ! MORTS !!
HAA
PFF... TU VAS FINIR PAR NOUS CAUSER DE GROS SOUCIS.
JE VAIS FAIRE L'IGNORANTE.

ÉCOUTE-MOI BIEN. TU…
BOUM
WAAH
BA DA DAM
BOUM
WAAH
C'EST QUOI CE RAFFUT ?
BA DA BOUM

ATTRAPEZ CE CRIMINEL !
TA
DA
DAP
QUAND ON PARLE DU LOUP !
C'EST BEAUCOUP TROP RAPIDE !
TCHA
LÂ… LÂCHEZ-MOI ! QU'EST-CE QUE ÇA VEUT DIRE ?!
AAK
AH…
ON VIENT DE NOUS AVERTIR QU'UN FAUX ENTREMETTEUR SE TROUVAIT ICI. NOUS ALLONS VOUS EMPRISONNER !

C'EST LE FRÈRE ET LA SŒUR QUI NOUS ONT DÉNONCÉS ?
HWIK
LÂCHEZ-MOI ! JE NE SUIS PAS UN CHARLATAN !
HWIK
WOUSH
IL Y EN A UNE QUI S'ÉCHAPPE !
ATTRAPEZ-LA !
ATTRAPEZ CETTE FEMME !
C'EST UNE COMPLICE DU CHARLATAN !
TA DA DA DAP

CE N'EST PAS UNE COMPLICE MAIS L'ESCROC EN PERSONNE !
JE NE SUIS QU'UN BRAVE DEVIN !
?!
COMMENT ?!
CE GAEYI, VRAIMENT !
IL ME SUFFIT DE PASSER CE MUR !
TA
DA
DA
DAP
FWIP
TCHAK
TCHAK
ANGLE SÉCURISÉ APRÈS X ANNÉES DE FUITE

HEIN ?
FWIP
AH !
UN HOMME !

POU... POUSSEZ-VOUS !
WOUSH

HIII !
OU ALORS...
RATTRAPEZ-MOI !

POUF

UNE ODEUR
DE FLEUR DE
PÊCHER...
ÇA M'EST
FAMILIER...

MADEMOI-SELLE...
VOUS ALLEZ BIEN ?
VOUS POUVEZ OUVRIR LES YEUX.
QUEL EST CE SENTIMENT DE SÉCURITÉ ? IL M'A VRAIMENT RATTRAPÉE ?
ZIEUTE
POURQUOI AVEZ-VOUS SAUTÉ PAR-DESSUS CE MUR ?

...
WOUAH !
IL EST D'UNE RARE BEAUTÉ...

- VERSION MODERNE -

CHAPITRE
04

MADEMOISELLE, VOUS ALLEZ BIEN ?
SHAAAA
GLOUPS
UN INSPEC-TEUR...
OH ?
POURQUOI FAIT-ELLE CETTE TÊTE ?
VOUS SERIEZ-VOUS BLESSÉE EN SAUTANT PAR-DESSUS LE MUR ?
NON !!
AH !
JE VAIS PARFAITEMENT BIEN.
YAA
LA FAUSSE ENTREMETTEUSE A SAUTÉ PAR-DESSUS LE MUR ! ATTRAPEZ-LA !
YAA
...
DÉTOURNE LE REGARD

EUH... C'EST UN PEU TARD, MAIS MERCI. JE VAIS Y ALLER.
YAA
ELLE EST PETITE ET A UN NŒUD ROSE DANS LES CHEVEUX ! NE LA LAISSEZ PAS S'ENFUIR !
YAA
...
ET MINCE !
GRIP
VLAM
EXCUSEZ-MOI !
VIOUSH
AH...

ON DIRAIT…

UN ÉCUREUIL VOLANT !
TADADAP
PIOUSH
MISÈRE !
TAP
TAP
POURQUOI EST-CE QU'IL A DES JAMBES AUSSI LONGUES ?!
TADADAD

GWAK
ARGH !

LÂ...
LÂCHEZ-MOI !
FRSH
FRSH
LÂCHEZ-MOI !!

WOUAH !
YAA !
BAM
AH !
BAM
AAAH !
PRISON
CLAAANG
ATTENDEZ !
QUEL CRIME AI-JE COMMIS POUR MÉRITER ÇA ?!
WAAAH
WAAAH
LIBÉREZ-MOI !
JE SAIS QUE TU AS LIÉ DES GENS EN LES DUPANT SUR UN SOI-DISANT AMOUR.
TU NE MANQUES VRAIMENT PAS DE TOUPET POUR FAIRE UNE CHOSE PAREILLE ALORS QU'IL Y A UN DÉCRET INTERDISANT LE MARIAGE !

JE… N'AI PAS L'IMPRESSION QUE MES EXCUSES MARCHERONT SUR LUI…
FIOU
…
SIRE, CONNAISSEZ-VOUS LE VIEUX WEOLHA ?

BIEN SÛR.
C'EST LE VIEUX QUI LIE LES ÂMES SŒURS.
OUI. IL TISSE UN FIL ROUGE ENTRE UN HOMME ET UNE FEMME.
MAIS LA PÉRIODE ACTUELLE FRAGILISE CE FIL, NON ?
JE NE SUIS QU'UNE PAUVRE FILLE CHERCHANT VAILLAMMENT À RÉUNIR LES ÂMES SŒURS.
...
POURTANT, J'AI ENTENDU DIRE QUE TU AS CHERCHÉ À LIER UN FRÈRE ET SA SŒUR.
MÊME S'ILS N'ONT AUCUN LIEN DE SANG, C'EST CONTRE LA LOI.

LEUR UNION VA MÊME À L'ENCONTRE DES PRINCIPES DU CIEL.
LE DESTIN N'EST PAS JUSTE L'AFFAIRE DU CIEL. C'EST AUSSI QUELQUE CHOSE QUE LES GENS SE CRÉENT.
IL SUFFIT QUE LES GENS LE VEUILLENT…
POUR FAIRE DE CETTE DESTINÉE LA LEUR.

...
N'AVEZ-VOUS JAMAIS RESSENTI ÇA ?
...

GRIP
C'EST DONC VRAI, QUE TU ENVOÛTES LES GENS DE TES PAROLES VICIEUSES.
SIRE…
SILENCE !
TES ACTES ET TES PAROLES VONT À L'ENCONTRE DES LOIS DE CE PAYS, COMMENT NE PEUX-TU PAS LE SAVOIR ?!
WAAAH
MAIS CE QUE PENSE NOTRE CŒUR N'EST PAS UN CRIME.
NOUS SOMMES PEUT-ÊTRE DANS UNE PÉRIODE OÙ LE MARIAGE EST INTERDIT…
COMMENT ?
ET SI C'EN EST UN…

*NDT : Joseon est à la fois une période historique, mais aussi l'ancien nom de la Corée.

FWIP
TU NE SORTIRAS PAS DE CETTE PRISON...
TANT QUE TU NE TE SERAS PAS REPENTIE DE TON CRIME.
SURVEILLEZ BIEN CETTE FILLE.
OUI !

TAP
TAP
STAP
ET...
QU'IMPORTE LES EFFORTS POUR UNIR DEUX PERSONNES...
?

SI C'EST IMPOSSIBLE, C'EST IMPOSSIBLE.
TAP
TAP
TAP
CLAP
CLAP
CLAP
CLAP
KYAH !
QUELLE RÉPLIQUE SPLENDIDE !
CLAP
CLAP

HEIN ?
C'EST QUOI CE BRUIT ?
CLAP
CLAP
CLAP
BROUHAHA
"ALORS CEUX QUI VIVENT À JOSEON...
SONT TOUS DES CRIMINELS !"
BROUHAHA
FFT
"PAR LE SIMPLE FAIT D'ÉPROUVER DE L'AMOUR !"
QUI ÊTES-VOUS ?
TA
NOUS NOUS DEVONS DE RÉPONDRE QUAND ON NOUS POSE UNE QUESTION !
DAM

NOUS SOMMES DES ÊTRES AUSSI ÉPHÉMÈRES QUE LA ROSÉE DU MATIN !
CLING
CEUX QUI N'ONT JAMAIS PARLÉ UNE SEULE FOIS À UNE FEMME !
SHALALA
HUM HUM
NOUS SOMMES... HUM !
CLING
LES COUPABLES DU CRIME D'AMOUR...
SNIF
LES SOLOS* DE CE PAYS, WANGBAE ET OH DEOKHUN.
*EN DES TERMES MODERNES, CELA DONNERAIT "CÉLIBATAIRES".
CELLULE D'EN FACE
CES TYPES SONT TROP BIZARRES...
SILENCE, BANDE D'IDIOTS !!
GRR
GRR
SI L'AMOUR EST UN CRIME, ALORS NOUS SOMMES DES CRIMINELS !
QUE FAIRE ?
ME SUIS-JE PRÉCIPITÉE À CAUSE DE L'EXCITATION D'ÊTRE À HANYANG ?

ON NE VA QUAND MÊME PAS ME TORTURER À MORT POUR AVOIR ESCROQUÉ QUELQUES PERSONNES, SI ?
JE NE VOULAIS PAS DÉFIER L'INSPECTEUR DE TOUT À L'HEURE…
JE N'AI FAIT QUE LUI RÉPONDRE DU TAC AU TAC…
YOUHOU♪
?
BLINK
URGH

- NOUS SOMMES TOUS DES CRIMINELS -

CHAPITRE
05

MAJESTÉ. NE FAITES PAS ÇA, LÂCHEZ VOTRE VERRE.
POURQUOI CHERCHEZ-VOUS À NOYER VOS SOUVENIRS DANS L'ALCOOL ?
VOUS DEVEZ PROTÉGER VOTRE...
TAIS-TOI, DO SEUNGJI.

SI C'EST POUR ME RABÂCHER TOUJOURS LA MÊME CHOSE, PAS LA PEINE DE VENIR.
NE DITES PAS ÇA, VOYONS...
HUM, JE N'AI RIEN DIT...

MAIS, MAJESTÉ, SI VOUS CONTINUEZ À PASSER VOS NUITS À BOIRE, VOTRE BEAUTÉ VA...
TAC
SORS D'ICI TOUT DE SUITE !
VOTRE BEAUTÉ EST TOUJOURS AUSSI RESPLENDISSANTE...
CLING
FWIT
...
HAA...

PERSONNE NE COMPREND MA DOULEUR.
PERSONNE AU PALAIS NE PEUT COMPRENDRE LA SOUFFRANCE DE MON CŒUR...
ELLE CHERCHE À CHAQUE FOIS À ME DIRE QUELQUE CHOSE, MAIS JE NE COMPRENDS PAS.
CELA FAIT DÉJÀ PLUSIEURS ANNÉES. ARRIVES-TU À IMAGINER LA PEINE QUE JE RESSENS ?
LA PRINCESSE VIENT ME VOIR LES NUITS NOIRES COMME CELLE-CI.
JE SUIS SÛR QUE J'ARRIVERAIS À DORMIR SI JE COMPRENAIS CE QU'ELLE CHERCHE À ME DIRE...
PRINCESSE... JAYEON...

VOTRE MAJESTÉ...
FWIIIII
FWI
TU L'ENTENDS ? C'EST CE BRUIT !
FWIIIII
C'EST CE BRUIT ! ÉCOUTE. ELLE VEUT ME DIRE QUELQUE CHOSE !
FWIIII
FWIIII
FWIIII
WOUUUSH
WOUUUSH

FWIIII
ELLE ME PARLE !
WOUUUSH...
WOUUUSH
PRINCESSE ! JE SUIS LÀ !
WOUUUSH...
WOU
UUSH
PRINCESSE !
WOUUUSH...
ALORS, TU L'ENTENDS ? C'EST ELLE ! C'EST LA VOIX DE LA PRINCESSE !
FWIIIII
WOUUUSH...

AH... ÇA M'INQUIÈTE. LE ROI EST TELLEMENT ANXIEUX QU'IL EN PERD LA RAISON.
IL A MÊME PEUR DU BRUIT DU VENT...

À MOINS QUE...
TILT
LES RUMEURS DISENT VRAI ET QU'IL SOIT HANTÉ PAR LE FANTÔME DE LA DÉFUNTE PRINCESSE ?!
MAIS NON. COMMENT UN SUJET DE SA MAJESTÉ PEUT-IL CROIRE AUX MOTS DE PERFIDES PERSONNES ?
FWIT FWIT
AH !
INSPECTEUR LEE, OÙ ALLEZ-VOUS D'UN PAS SI PRESSÉ ?

DO SEUNGJI... VOUS ÊTES SUR LE DÉPART ?
HUM, OUI.
TA DAP
ON M'A INFORMÉ D'UN PETIT SOUCI À LA PRISON...
QUEL SOUCI ?
EUH... RIEN QUI NE PUISSE VOUS INQUIÉTER.
QUE SE PASSE-T-IL ? Y AURAIT-IL UN PROBLÈME AU BEAU MILIEU DE LA NUIT ?
AH... HEM...
VOUS AVEZ L'AIR VRAIMENT PRESSÉ.
NE VOUS EN FAITES PAS, VOUS POUVEZ M'EN PARLER.
UN DES PRISONNIERS JOUE LES TROUBLE-FÊTES. JE VAIS ALLEZ VOIR DE QUOI IL EN RETOURNE.
DÈS QU'IL SE MÊLE DE QUELQUE CHOSE, ÇA SE COMPLIQUE...
MMH... JE VOIS.
HUM...
PITIÉ, PARS... PARS !

MAIS...
ALLONS-Y ENSEMBLE.
HÉ HÉ
ARGH !
AAAH !
SI... SIRE !

QU'EST-CE QUE VOUS FAITES ? POURQUOI ÊTES-VOUS DEHORS ?!
EH BIEN...
LÀ-BAS... DANS CETTE CELLULE...
IL... IL Y A UN FANTÔME !
QUOI ? QU'EST-CE QUE...
UN FANTÔME ?!
FWOOOSH
N'AVEZ-VOUS PAS AMENÉ UNE CRIMINELLE AUJOURD'HUI ?
EH BIEN, CETTE FILLE S'EST MISE D'UN COUP À DÉBLATÉRER DES INEPTIES... COMME SI ELLE ÉTAIT POSSÉDÉE...
RAAH
IDIOTS ! COMMENT POUVEZ-VOUS PROFÉRER DES BÊTISES PAREILLES ?

SIRE. JAMAIS NOUS N'OSERIONS VOUS MENTIR !
ALLEZ VOIR, VITE !
SERAIT-CE...
LE FANTÔME DE LA DÉFUNTE PRINCESSE ?!
DOU
DOUM
KYAAAH !
?!
AAAH ! QU'EST-CE QUE C'EST ?!
AAAH ! C'EST UN FANTÔME ?!
NON. C'EST LA FEMME DE TOUT À L'HEURE...
GRIP
SORANG

CELLE QUI S'EST FAIT ATTRAPER POUR ESCROQUERIE...
POURQUOI EST-ELLE À L'ENVERS ?
LE SANG QUI MONTE À LA TÊTE
SIRE, SAUVEZ-NOUS ! NOUS SOMMES TERRIFIÉS !
CLANG
CLANG
EMMENEZ-NOUS !!
OUIN
ELLE S'EST FAIT POSSÉDER D'UN COUP ET S'EST MISE À FAIRE DES CHOSES ÉTRANGES !!
TAISEZ-VOUS ! OÙ VOUS CROYEZ-VOUS POUR FAIRE UN TAPAGE PAREIL ?!
CRRRR...
KYAAAH !!
COURBE LA NUQUE

QU'EST-CE QUI VOUS PREND ? CALMEZ-VOUS !
AAAH !
LE FAN... FANTÔME... HIC...
AAAH !
ELLE SOURIT !!

POUF

?!
ELLE S'EST ALLONGÉE...?

GLOUPS...

RAAH
MOI !
JE SUIS LE VIEUX WEOLHA !
RAAH
COMMENT OSEZ-VOUS M'ENFERMER EN SACHANT QUI JE SUIS ?!
LE VIEUX WEOLHA...?
C'EST VRAI QUE C'EST LA VOIX D'UN VIEILLARD !
ELLE A DÛ SE FAIRE POSSÉDER PAR UN NOUVEL ESPRIT...
ÇA DOIT ÊTRE UNE VRAIE CHAMANE...
ÉCOUTEZ-MOI BIEN ! VOUS EMPÊCHEZ LES GENS DE S'AIMER.
JE SUIS ENTRÉ DANS LE CORPS DE CETTE FEMME POUR FAIRE QUELQUE CHOSE D'IMPORTANT.
COMMENT OSEZ-VOUS ME FAIRE OBSTACLE ?!

DÉPÊCHEZ-VOUS DE LA LIBÉRER !
HA !
HMPF. ÇA Y EST, JE COMPRENDS.
ELLE FAIT TOUTES CES CHOSES BIZARRES POUR ÊTRE LIBÉRÉE.
GRR ! CELUI-LÀ, ALORS !
C'EST VRAI. SORANG S'EST LANCÉE CORPS ET ÂME DANS CETTE COMÉDIE.
MINCE ! IL EST INTRAITABLE !

TANT PIS ! DANS CE GENRE DE SITUATION, IL FAUT METTRE LE PAQUET !
AH...
QUE TU ES SOT. TU NE ME CROIS PAS ?
DANS CE CAS, JE VAIS VOUS RÉVÉLER À TOUS UNE INCROYABLE VÉRITÉ.
ÉCOUTEZ-MOI BIEEEEN.
CETTE ANNÉE...
MARQUERA LA FIN DU DÉCRET ANTI-MARIAGE.

ET SORANG...

FUT CONTRAINTE DE JOUER CETTE COMÉDIE DEVANT LE PRINCE !

- PENDANT L'ENTRAÎNEMENT -

CHAPITRE 06

ALORS QUE JOSEON, SOUFFRANT D'UN DÉCRET INTERDISANT LE MARIAGE DEPUIS SEPT ANS...
VOYAIT SON PEUPLE SOMBRER DANS LE DÉSESPOIR LE PLUS TOTAL...
TEL UN PAYS OÙ RÉGNAIT LA SÉCHERESSE...
UNE PERSONNE VIT SUR ELLE S'ABATTRE UN MALHEUR DES PLUS TERRIBLES.
BOUM
FSH

ELLE
WOOO
WOOO
AAAAAH...
QUE T'ARRIVE-T-IL ? OÙ EST DONC PASSÉ CETTE ÉNERGIE DONT TU DÉBORDAIS HIER ?
TU ME POSES VRAIMENT LA QUESTION ?! TOUT ÇA, C'EST À CAUSE DE TOI !
GROAA !
GLOUPS
C'EST CE QUE VOULAIT DIRE SORANG, MAIS APRÈS AVOIR PRIS SUR ELLE...

SIRE... CE N'EST PAS VRAI, N'EST-CE PAS ?
UNE FILLE COMME MOI NE VA PAS ENTRER DANS UN ENDROIT AUSSI SACRÉ QUE LE PALAIS, SI ?
N'EST-CE PAS ?
NOUS NE SOMMES PAS DANS LE VRAI PALAIS, SI ?
EN FAIT, ILS SONT DÉJÀ DANS LE PALAIS.
ENVIRON ICI.
N'AS-TU PAS ENTENDU CE QU'A DIT DO SEUNGJI ?
CONTRAIREMENT À CE QU'IL LAISSE PARAÎTRE, C'EST UN HOMME DE PAROLE.
ET PUIS, SI TOUT CE QUE TU AS DIT EST VRAI, TU N'AS AUCUNE RAISON D'AVOIR PEUR.
ET SI, ON EST BIEN AU PALAIS.
AAARGH !
LE PROBLÈME C'EST QUE TOUT ÉTAIT FAUX...

OUI. LA VEILLE, SORANG AVAIT JOUÉ UNE COMÉDIE DES PLUS ÉPIQUES.
ET DO SEUNGJI RÉAGIT AUSSITÔT À CES MOTS.
CELA COMMENÇA PAR...
CETTE ANNÉE...
C'EST VRAI ?!
ÇA VEUT DIRE QU'UNE NOUVELLE REINE SERA CHOISIE CETTE ANNÉE ?
TILT
MARQUERA LA FIN DU DÉCRET ANTI-MARIAGE !
GROAAAAR
CEPEN-DANT...
IL FAUT SE DÉBARRASSER DU FANTÔME DE FEU LA PRINCESSE QUI HANTE LE PALAIS !
AAAH ! TANT PIS ! AUTANT CONTINUER SUR MA LANCÉE !

DITES, INSPECTEUR. JE PENSE QUE CETTE FEMME A VRAIMENT UN DON.
EN FAIT, J'AI DÉJÀ ENTENDU ÇA…
ÇA A MARCH…
VENANT DU ROI.
NYARK
HEIN ?
DU… ROI ?
DITES, JEUNE CRIMINELLE. HUM… NON, JE DOIS VOUS APPELER WEOLHA ?
MONSIEUR, VEUILLEZ M'EN DIRE DAVANTAGE. QU'Y A-T-IL D'AUTRE ?
BLA
VOUS AVEZ PARLÉ DU FANTÔME DE LA PRINCESSE. ET ENSUITE ?
BLA

EUH…
EUH… EH BIEN, LE FANTÔME…
BON, FOUTU POUR FOUTU…
SI ON L'ARRÊTE, UNE NOUVELLE REINE SERA CHOISIE CETTE ANNÉE !
SINON…
AUTANT JOUER LE TOUT POUR LE TOUT !!

MÊME SI C'EST UNE ERREUR !!
UNE TERRIBLE RÉBELLION ARRIVERA !
BOUM
ON L'APPELLERA "LE SOULÈVEMENT DES SOLOS" !
SOLO
SOLO
SOLO
WOUAAAAAAH

OKAY !
JE VAIS TRANSMETTRE TOUT ÇA AU ROI.
ET C'EST AINSI QU'IL DISPARUT...
MAIS QUEL TARÉ ! IL LUI A VRAIMENT DIT ÇA ?!
AAAAAH !
FOUTU DO SEUNGJI !
YE SORANG, APPELÉE AU PALAIS ROYAL
RETOUR DANS LE PRÉSENT
TU VAS BIEN ?
POURQUOI T'ES-TU EFFONDRÉE D'UN COUP ?!
FWIT
HIIIC !

SIRE, POURQUOI LE ROI M'A-T-IL APPELÉE ?
SI JAMAIS... JE N'ARRIVAIS PAS À FAIRE CE QUE LE ROI ATTEND DE MOI...
QUE... VA-T-IL M'ARRIVER ?
TU SERAS TUÉE ?
BOUM
ON VA ME TUER ?!
ME TUER !

JE LUI AI DIT ÇA MAIS…
BRR
BRR
POURQUOI ?
POURQUOI EST-CE QUE JE NE LE SENS PAS ?
J'AI L'IMPRESSION DE FAIRE QUELQUE CHOSE D'INCORRECT.
NON MAIS À QUOI EST-CE QUE JE PENSE ?
RESSAISIS-TOI, LEE SINWON !

ILYAUNESOLUTIO NÀTOUTILYAUNESOLUTION ÀTOUT ILYAUNESOLUTIONÀTOUT LYAUNESOLUTIONÀTOUTILYAUNESO LUTIONÀTOUTLYAUNESOLUTIONÀTOUTI LYAUNESOLUTIONÀTOUTLYAUNESOLUTIO NÀTOUTILYAUNESOLUTIONÀTOUTLYAUNE SOLUTIONÀTOUTILYAUNESOLUTIONÀTOUT LYAUNESOLUTIONÀTOUTILYAUNESOLUTIO NÀTOUTLYAUNESOLUTIONÀTOUTILYAUN ESOLUTIONÀTOUTLYAUNESOLUTION ÀTOUTILYAUNESOLUTIONÀTOUT LYAUNESOLUTIONÀTOUT
BRRR
ILYAUNESOLUTIONÀTO UTILYAUNESOLUTIONÀTOUTIL YAUNESOLUTIONÀTOUTILYAUNESO L UTIONÀTOUTILYAUNESOLUTIONÀTOUTI LYAUNESOLUTIONÀTOUTILYAUNESOLUTI ONÀTOUTILYAUNESOLUTIONÀTOUTILYAUN ESOLUTIONÀTOUTILYAUNESOLUTIONÀTOU TILYAUNESOLUTIONÀTOUTILYAUNESOLUTIO NÀTOUTILYAUNESOLUTIONÀTOUTILYAUNE SOLUTIONÀTOUTILYAUNESOLUTIONÀTOU TILYAUNESOLUTIONÀTOUTILYAUNESOL UTIONÀTOUTILYAUNESOLUTIONÀTO UTILYAUNESOLUTIONÀTOUTILYA UNESOLUTIONÀTOUT
BRRR
IL PARAÎT QUE TU AS UN DON ?
UNE JEUNE FILLE… QUI… AURAIT UN DON…
CE N'EST QU'UNE FACULTÉ QUI VA ET VIENT… C'EST IMPRÉVISIBLE…
AH ? BIZARRE. EN SEPT ANS DE VIE DANS CE PALAIS…

TU ES LA SEULE À AVOIR TROUVÉ QUE L'ESPRIT DE LA PRINCESSE...
Y RÉSIDAIT ENCORE.
AAAAH
J'AI DIT ÇA AU PIF !!
HAA
ET MINCE ! J'ÉTAIS FOLLE DE DIRE ÇA ! POURQUOI A-T-IL FALLU QUE JE VOIE JUSTE ?!
HAA
HAA
RELÈVE LA TÊTE ET REGARDE-MOI.
VOIS-TU UN ESPRIT À MES CÔTÉS ?

OH ?
POURQUOI EST-IL SI... ÉBLOUISSANT ?
SHALAAA
TIENS ?
SHALAAA
WOUAH... MÊME UN ESPRIT SERAIT SÉDUIT.
GLOUPS
IL Y A BIEN...
UN... ESPRIT...

TA~DAM
HEIN ?!
MAIS QU'EST-CE QUE JE RACONTE ?!
SA BEAUTÉ M'A ÉBLOUIE INCONSCIEMMENT...!
FWIP
FLAP
MAJESTÉ !
HEIN ?!
TAP
TAP
HEIN ?!
VOTRE... MAJESTÉ !
?!
TCHAK

- MORTE À CAUSE D'UNE LUMIÈRE TROP VIVE -

CHAPITRE
07

POURQUOI NE ME RÉPONDS-TU PAS ?!
VOIS-TU LA PRINCESSE ? ALORS ?!
JE... LA VOIS.
LA BEAUTÉ DE SON VISAGE...
HAA
N'EST PAS CE QUI IMPORTE ! MAIS QU'EST-CE QUI ME PREND ?!
ÇA SORT TOUT SEUL !

IL N'A PAS LE VISAGE DE QUELQU'UN POSSÉDÉ PAR UN ESPRIT...
IL EST JUSTE... TRISTEMENT ET IMMENSÉ-MENT...
JE... JE VOIS. ALORS L'ESPRIT DE LA PRINCESSE...
IL VA FALLOIR QUE J'ARRANGE CE QUE JE VIENS DE DIRE !
FFT
BLESSÉ À CAUSE D'UN AMOUR DÉCHU !
CONCENTRE-TOI, YE SORANG ! FAIS COMME D'HABITUDE !
VOUS N'ARRIVEZ PAS À TROUVER LE SOMMEIL, N'EST-CE PAS ?
ET PUIS, MÊME SI VOUS NE SOUFFREZ D'AUCUNE BLESSURE, VOUS AVEZ DU MAL À MANGER.
IL VOUS ARRIVE MÊME DE VOIR ET D'ENTEN-DRE DES CHOSES ÉTRANGES. TOUT ÇA...

N'EST QUE L'EXPRESSION D'UN ESPRIT SANS ENVELOPPE CHARNELLE.
VIOUSH
ÇA A MARCHÉ ? ÇA A MARCHÉ ?
VOTRE MAJESTÉ ! JE PENSE QU'ELLE POSSÈDE UN DON EXTRAORDINAIRE !
KYAAAH
MERCI, DO SEUNGJI !
OH ! C'EST CE QUE TU PENSES ?
LA PRINCESSE ME DIT SOUVENT QUELQUE CHOSE DANS MES RÊVES...
DE QUOI EST-IL QUESTION ?
MISÈRE !
SI JE LE SAVAIS, ON M'APPELLERAIT BOUDDHA !
MAIS...
JE DOIS DIRE QUELQUE CHOSE !
DE PRÉSERVER...
VOTRE CORPS ?

ZIEUTE
GLOUPS
...
ÇA A MARCHÉ !
IL M'A CRUE !
ÇA...
ME FAIT PLAISIR DE L'ENTENDRE MAIS J'AIMERAIS LA VOIR.
C'EST POUR ÇA QUE JE T'AI APPELÉE.
PEUX-TU...
ME LA MONTRER ?
NON !! PLUS ÇA VA, PLUS ÇA DÉGÉNÈRE !
POURRAIS-TU APPELER LA PRINCESSE ?

TU ME DIS QUE JE NE POURRAI PAS VOIR LA PRINCESSE ?
OUI. SON CORPS N'EST PLUS.
IL FAUT QUE JE METTE UN TERME À TOUT ÇA !
C'EST… IMPOSSIBLE.
VOTRE MAJESTÉ !
OU ALORS C'EST QUE TOUT CE QUE TU M'AS DIT N'ÉTAIT QU'UN MEN-SONGE ?
HEIN ?
AARGH
DÉBARRASSEZ-VOUS D'ELLE !
SEJANG !
QUEL EST LE CHÂTIMENT RÉSERVÉ À CEUX QUI DUPENT LE ROI ?!
N'ÉTAIT-CE PAS LA DÉCA-PITATION ?!
SI, MAJESTÉ.
SI TU AS VRAIMENT UN DON, FAIS VENIR LA PRINCESSE ICI ET MAINTENANT !
C'EST LA SEULE FAÇON POUR QUE JE TE CROIE !
IL INSISTE VRAIMENT ?!
VLAF

QUOI ?!
LA DÉCAPITATION ?!
SINWON, POURQUOI ÉTAIT-ELLE EN PRISON ?
COMMENT ? AH...
POUR... POUR ESCROQUERIE.
...

COMMENT ?! ALORS...
TU AS CHERCHÉ À M'ESCROQUER ?!
JE N'AI PAS LE CHOIX, VU LA SITUATION...
TANT PIS, JE ME LANCE !
NON ! COMMENT AURAIS-JE PU ?!
COMMENT AURAIS-JE PU FAIRE UNE TELLE CHOSE À VOTRE GRANDEUR ?!
GLOUPS
AAAAH ! POURQUOI LE ROI S'OBSTINE-T-IL À CE POINT ?!
CRAC
JE NE PEUX PAS VOUS MONTRER LA PRINCESSE, MAIS...!
"CRAC"...?
CRA AC

CRAC
CRAC
FWIP
KRTTT
CRAAAC
SEIGNEUR ! ELLE SE FAIT POSSÉDER !
ELLE S'EST FAIT POSSÉDER PAR LE VIEUX WEOLHA DE LA MÊME FAÇON, HIER !!
QUE... COMMENT ?
CETTE FEMME...
CRAC
DA
DA
DAM
FWIT
FWIT
...

C'EST POUR DE VRAI...?
ELLE FAIT PEUR...
MON ROI !
VOUS M'AVEZ TELLEMENT MANQUÉ !

PRIN... PRINCESSE ?
VOUS ÊTES VRAIMENT... LA PRINCESSE ?
COM-MENT...
ALLEZ-VOUS ?

JE VAIS COMMENCER PAR VOUS SALUER COMME IL SE DOIT.

MON DIEU, ELLE A VRAIMENT LES MANIÈRES DE LA COUR...
ON DIRAIT UNE TOUT AUTRE PERSONNE...
...
MON ROI, COMMENT...
FFT
FWISH

?!
POURQUOI N'APPARAISSEZ-VOUS QUE MAINTENANT ?
SAVEZ-VOUS COMBIEN...
JE VOUS AI ATTENDUE ?
VOUS M'AVEZ MANQUÉ.
VRAIMENT BEAUCOUP MANQUÉ...!
AH...

JE SUIS…
EN TRAIN DE FAIRE L'ESCROQUERIE… DE TROP.
FLAP
FLAP
QUE QUELQU'UN ME VIENNE EN AIDE !!
PITIÉ !!

CHAPITRE 08

MON ROI, NE SOYEZ PAS TRISTE ET CESSEZ DE PLEURER MA MORT…
JE SUIS CONTRAINTE DE RESTER DANS CE ROYAUME DES OMBRES PUISQUE VOUS NE POUVEZ M'OUBLIER.
IL EST TEMPS POUR VOUS DE VOUS TROUVER UNE CONCUBINE.
MON ROI…

NON. COMMENT POURRAIS-JE VOUS OUBLIER...?
AAAH !
FWISH
SAVEZ-VOUS COMBIEN J'AI SOUFFERT, TOUT CE TEMPS ?
NE PARTEZ PAS. NE ME LAISSEZ PAS.
FFT
MAIS, VOTRE MAJESTÉ...
VOUS ÊTES LE SOUVERAIN DE CE PAYS. VOUS DEVEZ PENSER À VOTRE PEUPLE ET À VOTRE DESCENDANCE.
VOUS DEVEZ TROUVER UNE NOUVELLE REINE POUR SAUVER CEUX QUI SOUFFRENT DE CETTE INTERDICTION DE MARIAGE.
OUBLIEZ-MOI, MON ROI. JE DOIS PARTIR.
SNIF
AH... SI ÇA CONTINUE, MOI AUSSI JE VAIS ME METTRE À PLEURER.

NE DITES PAS ÇA ! COMMENT POURRAIS-JE VOUS OUBLIER EN CONNAISSANT LA COLÈRE QUE VOUS RESSENTEZ ?
QUI VOUS A FAIT ÇA ?
JE VOUS LIBÈRERAI DE CETTE COLÈRE, ALORS DÉPÊCHEZ-VOUS DE ME LE DIRE !
FWIP
KYA !
HEIN ?! DE QUOI IL PARLE ? JE NE COMPRENDS RIEN.
MISÈRE. SI ÇA CONTINUE, MA SUPERCHERIE VA ÊTRE EXPOSÉE !
VOTRE MAJESTÉ, JE DOIS PARTIR.
JE NE SUIS QU'UN SIMPLE FRAGMENT D'ÂME...
BA DA BOUM
NON !!
ATTENDEZ...
RESTEZ PLUS LONGTEMPS À MES CÔTÉS ! NE ME LAISSEZ PAS TOUT SEUL...
?!
AH !

AAH !
VOTRE MAJESTÉ ! RELEVEZ-VOUS !
COMMENT POUVEZ-VOUS VOUS AGENOUILLER...
AH !! MA VOIX...
QUELLE ERREUR !
FWIP
FWIP
LE... LE ROI QUI S'AGENOUILLE...
HEIN ?
AH... HEM...
LA PRINCESSE...
EST PARTIE.
HUM
HUM
AH ! JE VOIS.
FSSS...
ELLE EST PARTIE D'UN COUP...

"PARTIE" ?
DE QUEL DROIT...?
WOOSH
FAIS-LA REVENIR.
MA PRINCESSE...
MA PRINCESSE...
VOTRE... MAJESTÉ.
JE NE SUIS PAS LIBRE DE CE CHOIX...
HIII
MAIS... REPRENEZ-VOUS, MA-JESTÉ !!
JE ME MOQUE DE TES EXCUSES ! DÉPÊCHE-TOI DE RAPPELER LA PRINCESSE !
CHAOS
MAJESTÉ !
BROUHAHA
VITE ! SINON JE TE DÉCAPITE !
TOTAL
MAJESTÉ !!

MAJESTÉ, CALMEZ-VOUS. VOUS... VOUS POURREZ LA REVOIR PLUS TARD !
LE SERRE EXTRÊMEMENT FORT
PSH
PSH
MOI, DO SEUNGJI, JE VOUS RAMÈNERAI CETTE FILLE !
TU ME LA RAMÈNERAS ?
TILT
EXTRÊMEMENT SÉRIEUX
ME LA RAMENER ? OUI, C'EST ÇA.
POF

QU'EST-IL ARRIVÉ À LA FEMME DE CHAMBRE TOMBÉE MALADE ?
COMMENT ? POURQUOI ME PARLEZ-VOUS D'ELLE ?
EUH... ELLE EST GRAVEMENT MALADE, ALORS ELLE EST TOUJOURS ALITÉE...
IL Y A DONC UNE PLACE.
NE... ME DITES PAS QUE...
FAITES D'ELLE SA REMPLAÇANTE.
RESTEZ À MES CÔTÉS ET APPELEZ LA PRINCESSE !
ORDRE ROYAL
BOUM
C'EST COMME ÇA QUE JE POURRAI LA VOIR !
HEIIIN ?
HEIIIN ?
POURQUOI ?!

AAAAAAH!
AAH!
AH!

DOOM
TU AS FAIT DU BON BOULOT. CETTE SITUATION EST AMENÉE À SE REPRODUIRE, ALORS RENTRE CHEZ TOI TE REPOSER.
HA HA HA
JE N'ARRÊTE PAS DE LA VOIR FAIRE CETTE TÊTE…
J'AI ÉTÉ VRAIMENT TRÈS ÉMU.
DIRE QUE VOUS DEVEZ DÉSORMAIS VENIR TRAVAILLER CINQ JOURS PAR SEMAINE ICI…
HEIN ?
C'EST PAS ÇA LE PROBLÈME !
CEUX QUI SONT DOTÉS DE POUVOIRS SONT VRAIMENT INCROYABLES.
FFT
FFT
JE… JE VAIS DEVOIR RESTER QUELQUE TEMPS CHEZ MON MAÎTRE POUR LE BIEN DE MON POUVOIR DIVIN !
AH ? DANS CE CAS, CINQ JOURS DEVRAIENT SUFFIRE.
ARGH…
D'ACCORD…
GRR… C'EST LÀ, SA LIMITE ?

JE SUIS SURPRIS, MOI AUSSI.
AU... SUJET DE LA DERNIÈRE CHOSE QUE VOUS AVEZ DITE.
MÊME DO SEUNGJI T'A DONNÉ SON APPROBATION...
AH... DANS CE CAS...
IL VA FALLOIR QUE JE TROUVE UN MOYEN POUR EN FINIR RAPIDEMENT AVEC CETTE HISTOIRE...

MAIS, MAJESTÉ...
IL Y A QUELQUE CHOSE DONT JE DOIS ABSOLUMENT VOUS PARLER.
LE FAIT QUE JE VOUS OBÉISSE ET RESTE À VOS CÔTÉS...
C'EST POUR QUE VOUS PUISSIEZ LAISSER PARTIR... L'ÂME DE LA DÉFUNTE PRINCESSE.
OUI, SEIGNEUR.
C'EST LA SEULE RAISON POUR LAQUELLE NOUS ACCEPTONS CETTE FILLE AU PALAIS.

LE DÉCRET D'INTERDICTION DE MARIAGE NE PRENDRA FIN QUE LORSQUE VOUS AUREZ RENVOYÉ L'ÂME DE VOTRE DÉFUNTE ÉPOUSE ET QUE VOUS EN AUREZ TROUVÉ UNE NOUVELLE.
ET CELA METTRA AUSSI UN TERME AUX CRAINTES DU PEUPLE, NON ?
CETTE JEUNE FILLE A DONC POUR RÔLE D'EXORCISER VOTRE DÉFUNTE PRINCESSE.
...
AU FINAL...
VOUS ME DITES DE LAISSER PARTIR LA PRINCESSE ?

OUI, VOTRE MAJESTÉ.
CONTENTS
ILS SE SERVENT DE MOI OU JE ME TROMPE ?
D'ACCORD. QU'IL EN SOIT AINSI.
VOUS ÊTES D'UNE IMMENSE BONTÉ, VOTRE MAJESTÉ !

TU T'APPELLES SORANG, C'EST ÇA ? C'EST VRAIMENT INCROYABLE LA CHANCE QUE TU AS.
LES ESCROCS NE SONT VRAIMENT PAS COMME TOUT LE MONDE !
C'EST UN COMPLI-MENT OU UNE INSULTE ?!
ON M'A DONNÉ DU TRAVAIL EN PLUS À CAUSE DE TOUT ÇA.
SACHEZ QUE C'EST DÉSORMAIS MOI QUI M'OCCUPERAI DE VOTRE SÉCURITÉ.
VOUS DEVREZ ME SUIVRE.
AH... JE NE COMPRENDS RIEN À CE QUI ARRIVE.
FWIP
J'Y RÉFLÉCHIRAI UNE FOIS RENTRÉE À LA MAISON...

TAGADA
TAGADA
TAGADA
VOUS POURRIEZ TOMBER DU CHEVAL...
TENEZ-VOUS BIEN.
AH ? OUI...
TAGADA
...
TAGADA
POUR-QUOI...
BABOUM
EST-CE QUE J'AI TOUJOURS CETTE SENSATION DEPUIS QUE JE L'AI VUE SUR LE TOIT ?
BABOUM

J'AI UN SENTIMENT D'ANGOISSE QUE JE NE M'EXPLIQUE PAS...
POURQUOI DONC ?

IL VOUS EST ARRIVÉ BEAUCOUP DE CHOSES AUJOURD'HUI.
AU REVOIR !
TA DA DAP
AH...
...
BAM
JE ME DEMANDE SI J'AI BIEN FAIT...
D'AMENER CETTE FILLE AU ROI.
WIP

AH...
AAAA-AAAAAA-AAAH !!
COMMENT JE VAIS M'EN SORTIR ?
AAAAAAAAAAH !
QU'EST-CE QUE JE PEUX FAIRE ?!

CHAPITRE 09

JE SUIS VRAIMENT DANS LA MOUISE !
COMMENT J'AI FAIT POUR EN ARRIVER LÀ ?
ET SI…
ON DÉCOUVRAIT QUE JE N'ÉTAIS PAS RÉELLEMENT POSSÉDÉE PAR L'ESPRIT DE LA PRINCESSE…
ET QUE TOUT ÇA N'ÉTAIT QU'UNE MASCARADE…?
ILS NE VONT QUAND MÊME PAS M'ÉCARTELER, SI ?!

C'EST POUR ÇA QUE JE T'AVAIS DIT DE NE PAS ESSAYER D'ARNAQUER LES GENS À LA CAPITALE.
FWOUSH
GRAND-PÈRE GAEYI !
SORANG ! T'ES RENTRÉE ? GRAND-PÈRE M'AVAIT DIT DE NE PAS M'INQUIÉTER ET QUE TU RENTRERAIS SAINE ET SAUVE. IL FAUT CROIRE QU'IL AVAIT RAISON.
"SAINE ET SAUVE" ?! GRAND-PÈRE ! T'ÉTAIS AU COURANT, HEIN ?!
VLAM
KYAH ! SORANG ! QU'EST-CE QUI TE PREND ?
VLAM
GRIP
QU'EST-CE QUE JE FAIS, MAINTENANT ?! QU'EST-CE QUE JE FAIS ?!
JE VAIS DEVOIR PASSER CINQ JOURS SUR SEPT AVEC LE ROI.
OUIN
OUIN
IL EST FOU ! COMMENT PEUT-IL CROIRE UNE ARNAQUEUSE COMME MOI ?!
NE T'INQUIÈTE PAS. C'EST TA DESTINÉE. TU NE FAIS QUE SUIVRE LA VOIE QUI T'EST TRACÉE.
FFT

MA DESTINÉE ?! LA DESTINÉE POUR MOURIR, OUI !
GRRR
TU DIS ÇA PARCE QUE TU ES PRÊT POUR MON ENTER-REMENT ?!
COMMENT PUIS-JE JOUER LE RÔLE D'UNE FEMME QUE JE NE CONNAIS PAS ET QUI EST MORTE IL Y A SEPT ANS ?!
VRT
VRT
J'AI PLUS QU'À MOURIR !
TU CROIS QU'ILS ME TUERONT SI JE LEUR DIS QUE JE NE PEUX PAS LE FAIRE ?!
HO HO ! TU VAS ME DONNER LE TOURNIS !
CE N'EST PAS COMME S'IL N'EXISTAIT AUCUNE SOLUTION POUR SURVIVRE AU PALAIS.
QUELLE... SOLUTION ?
GLOUPS...
TU DOIS...
BO
MAÎTRISER LE ROI !
BOUM
MAÎ...

BAM !
GRAND-PÈRE ! T'ES DÉJÀ SÉNILE ?! DIS DES CHOSES SENSÉES, UN PEU !
RÉFLÉCHIS.
TU CROIS QUE SI QUELQU'UN AVAIT PU LE CONTRÔLER, LES TERRES DE JOSEON SERAIENT DEVENUES AINSI ?
LE ROI N'A PAS BESOIN DE QUELQU'UN QUI LUI OBÉISSE…
MAIS DE QUELQU'UN QUI LE CONTRÔLE.
COMMENT VEUX-TU QUE J'Y ARRIVE ALORS QU'IL PEUT ME TUER À N'IMPORTE QUEL MOMENT ?!
C'EST UN HOMME QUI N'A PAS RÉUSSI À OUBLIER SA FEMME MORTE IL Y A SEPT ANS.
CE QUI VEUT DIRE QUE C'EST UN ÊTRE HUMAIN QUI SOUFFRE COMME TOUT LE MONDE.
TU POURRAS L'EXORCISER DE CETTE MÉLANCOLI QUI LE RONGE.

SI ÇA SE TROUVE, CE QUE TU FAIS N'A JAMAIS ÉTÉ UNE ESCROQUERIE.
TU LUI FERAS JUSTE OUBLIER CE MANQUE QU'IL RESSENT.
ÇA VEUT DIRE...
QUE JE DOIS LE GUÉRIR DES MAUX DE SON CŒUR ?
EH OUI !
CLING
SI TU ARRIVES À MAÎTRISER LE ROI...
PEUT-ÊTRE QU'IL TE DIRA "ÇA".
IL... ME PARLE DE "ÇA" ?
CES MOTS QUI REVIENNENT DANS BEAUCOUP DE ROMANS*...
GLOUPS
*DES RÉCITS QUE LE PEUPLE APPRÉCIE. CEUX PARLANT D'AMOUR SONT PARTICULIÈREMENT POPULAIRES.

"C'EST LA PREMIÈRE FOIS...
BA
QU'UNE FEMME ME TRAITE AINSI !"
DOUM
NE DIS PAS N'IMPORTE QUOI, GRAND-PÈRE !
GROAAAK
KOF
KOF
C'EST VRAI ? CE SERAIT TELLEMENT BIEN !
FAN DE ROMANS D'AMOUR
HAEYEONG, NE T'Y METS PAS, TOI AUSSI !

T'AS TROP DE CHANCE, HEIN ?!
NON. HAEYEONG, CE N'EST QUE DE LA FICTION...
...

KOF
J'AI DU TRAVAIL.
ALLEZ VOUS REPOSER.
CETTE PETITE A VRAIMENT DE LA FORCE...

TAP
TAP
OH ?
FROUF

AH... CET HOMME...
IL EST BEAU ET A L'AIR GENTIL...
ZIEUTE
QUI ÊTES-VOUS ?
AH, JE SUIS GAEYI, UN DEVIN QUI TRAVAILLE AU AEDALDANG...
AVEC SORANG.
AH BON ?
JE SUIS SIMPLEMENT VENU VOUS DIRE QUELQUE CHOSE.
FWIT
JE SUIS UN DEVIN PLUTÔT TALENTUEUX !

POURRIEZ-VOUS GARDER LE SECRET DE CETTE PETITE...
SI VOUS VENEZ À L'APPREN-DRE ?
...
QU'EST-CE QUE...
FLAP
SINON, ELLE S'ENVOLERA TRÈS LOIN.
N'ESSAYEZ SURTOUT PAS DE L'ATTRAPER.
FLAP
FLAP
MÊME APRÈS AVOIR PASSÉ SEPT ANS AVEC ELLE, IL Y A ENCORE PLEIN DE CHOSES QUE J'IGNORE À SON SUJET.

ATTENDEZ JUSQU'À CE QUE SORANG RÉVÈLE D'ELLE-MÊME LA VÉRITÉ.
FLAP
FLAP
SHAAAAA
MÊME SI POUR CELA, VOUS DEVREZ ENFREINDRE UN ORDRE ROYAL...
SHAAA
FLAP
FLAP
SHAA
FLAP

FLASH
?!
REVENEZ NOUS VOIR SOUVENT, ÇA ME FERAIT PLAISIR.
JE VOUS OFFRIRAI DU THÉ DE SAULE.
HO HO !
TAP
TAP
DU THÉ DE SAULE ?
EST-CE QU'IL CHERCHE À ME DIRE QU'IL SAIT QUE JE SUIS LE FILS D'UNE MAISON DE SAULE ?
MAIS SINON, CE QUE JE VIENS DE VOIR... C'ÉTAIT UNE ILLUSION ?
EUH...

BROUHAHA
BROUHAHA
AEDALDANG
AEDALDANG
...
DO
UM
POURQUOI Y A-T-IL AUTANT DE MONDE DE SI BON MATIN ?
WOUAH

IL PARAÎT QUE TU AS ÉTÉ APPELÉE AU PALAIS ?
BROUHAHA
DALDA
BLA
BROUHAHA
QU'EST-CE QUI S'EST PASSÉ ?!
BLA
HEIN ? COMMENT LA RUMEUR S'EST-ELLE RÉPANDUE ?
ÇA SENT PAS BON ÇA, NON ?
TEMPORAIREMENT RAISONNABLE

IL PARAÎT QUE T'AS ÉTÉ ARRÊTÉE POUR ESCROQUERIE !
BROUHAHA
JE SUIS SUPER CURIEUX !
BLABLA
DÉPÊCHE-TOI DE NOUS EXPLIQUER !

VU LA SITUATION…
AUTANT EN PROFITER POUR GAGNER UN PEU D'ARGENT !
FU FU
RETOUR À LA NORMALE

EH BIEN… IL S'EST PASSÉ CERTAINES CHOSES…
OH ! CE N'ÉTAIT PAS UNE ESCROC ?! SA VENUE AU PALAIS N'A PAS L'AIR D'ÊTRE UN MENSONGE !
EST-CE QUE ÇA A UN RAPPORT AVEC LE DÉCRET ANTI-MARIAGE ?
ET COMME VOUS LE SAVEZ, JE SUIS UNE EXPERTE EN AFFAIRES D'AMOUR…
EH BIEN, JE NE PEUX PAS VOUS RACONTER LES DÉTAILS MAIS…
IL ÉTAIT BIEN QUESTION D'UN MOYEN POUR EN FINIR AVEC CE DÉCRET.
HUM
HUM
JE PEUX SEULEMENT VOUS DIRE QUE J'AI EXERCÉ MON INCROYABLE MÉTIER LÀ-BAS.
OOOOOOH !
ÇA M'A L'AIR PAS MAL DU TOUT, CE SALON DE THÉ !
ALORS ÉCOUTEZ MON HISTOIRE !
BON, BON… JE N'ENTENDS PAS TRÈS BIEN, ALORS UNE SEULE PERSONNE À LA FOIS !
BLA
BROUHAHA
FAITES LA QUEUE ET COMMANDEZ UNE TASSE DE THÉ CHACUN !
BLA
ELLE S'EST ROULÉE PAR TERRE TOUTE LA NUIT EN SE PLAIGNANT QU'ELLE AVAIT UN SÉRIEUX SOUCI…
ET LA VOILÀ QUI…
MON NEVEU S'EST ENFUI AVEC SON AMOUREUSE, ALORS NOTRE MAISON TOUTE ENTIÈRE EST MARQUÉE AU FER ROUGE !

NOUS AVONS EU UN ENFANT SANS AVOIR PU NOUS MARIER…
DONC NOUS NE POUVONS PAS INSCRIRE NOTRE BÉBÉ SUR LE REGISTRE !
MON PETIT FRÈRE A DÛ SE MARIER EN CACHETTE À CAUSE DU DÉCRET.
À CAUSE DE ÇA, MES PARENTS LUI ONT DEMANDÉ DE SE SUICIDER !
VOUS… SOUFFREZ TOUS TELLEMENT.
JE RESSENS COMME UN SENTIMENT DE RESPONSABILITÉ, DÉSORMAIS.
SNIF
FFT
JE FERAI DE MON MIEUX !
IL N'Y A QU'UNE SEULE SOLUTION… POUR LE BIEN DE TOUS, JE N'AI D'AUTRE CHOIX QUE DE RÉUSSIR CETTE ARNAQUE.
FWOOOSH
DE QUOI PARLEZ-VOUS ?
ACK
EH BIEN… DE… L'ORDRE ROYAL…?
OH ! UN INSPECTEUR !
WOUAH ! IL EST TROP BEAU !
PSST

- PASSE-TEMPS-

CHAPITRE 10

HA HA HA !
S'IL VOUS PLAÎT !
J'AI EU TELLEMENT DE CLIENTS CE MATIN QUE JE N'AI PLUS DE FEUILLES DE THÉ.
SI JE VEUX TRAVAILLER CE SOIR, IL FAUT QUE JE REFASSE LE PLEIN.
BIENVENUE !
BONJOUR.
VOYONS VOIR…

ESCROC, VA !
BA DA BAM
SHLAK
COMMENT OSES-TU TRICHER ?!
BROUHAHA
QUI C'EST QUI TRICHE ?!
TU M'AS VU ? HEIN ?!

C'EST PAS PLUTÔT TOI, LE TRICHEUR ?!
SHLAAA
TAP TAP
GRIP
HEIN ? ILS S'APPROCHENT...
J'AI JUSTE EU DE LA CHANCE ! COMMENT OSES-TU ENVOYER VALDINGUER LE PLATEAU, HEIN ?!
WOUSH
AH !
PAF
GRIP

VOUS N'AVEZ RIEN ?
L'INSPECTEUR ?!
VOUS… VOUS M'AVEZ SUIVIE JUSQU'ICI ?
IL EST TROP PROCHE…
BABOUM
S'IL VOUS ARRIVE QUOI QUE CE SOIT…
POF
JE SERAI PUNI.

JE COMPRENDS MAIS...
VOUS ÊTES EN MISSION ROYALE.
JE DOIS FAIRE ATTENTION À CE QUE VOUS FAITES EN DEHORS DU PALAIS AUSSI.
ÇA VEUT DIRE... QUE VOUS RESTEREZ TOUJOURS À MES CÔTÉS ?
JE FERAI DE MON MIEUX POUR NE PAS VOUS IMPORTUNER.
QUI OSE INTERROMPRE NOTRE BAGARRE ?!
PSHH PSHH
LA TABLE A ÉTÉ RENVERSÉE !
JE SUIS UN INSPECTEUR GRADÉ.
LEE SINWON.
IL Y A UN PROBLÈME ?
NON... VOTRE TRAVAIL DOIT ÊTRE ÉPUISANT. EH BIEN, NOUS ALLONS VOUS LAISSER.
TA DA DAP

QU'EST-CE QU'IL VIENT DE DIRE ?
BABOUM
CE NOM...
VOUS...
VOUS APPELEZ LEE SINWON ?
OUI.
QUE VOUS ARRIVE-T-IL ?
LEE SINWON, LE JEUNE HOMME DE LA MAISON DE SAULE...
S'IL PORTE CE NOM, ALORS PEUT-ÊTRE QUE...
...

?
CELUI AVEC QUI LE LIEN A ÉTÉ ROMPU, IL Y A SEPT ANS…
POURQUOI ME FIXEZ-VOUS AINSI ?
AH, NON, RIEN.
NON. JE NE DOIS PAS LUI EN PARLER !
SINON, ON VA DÉCOUVRIR MA VÉRITABLE IDENTITÉ…
ET JE DOIS LA CACHER.
C'EST MIEUX POUR TOUT LE MONDE.

?
IL NE DOIT PAS ME CONNAÎTRE.
NOUS NE NOUS ÉTIONS JAMAIS VUS, APRÈS TOUT.
DITES, SEIGNEUR.
VOUS AVEZ QUELQUE CHOSE À ME DIRE ?
VOUS PRENEZ UNE EXPRESSION SÉRIEUSE, POUR UNE FOIS...
BLING
VOUS POURRIEZ ME PORTER ÇA ?
NOUS N'AVONS PLUS DE FEUILLES DE THÉ...
DONC J'EN AI ACHETÉ UN PEU BEAUCOUP !
DOOM
KOF
J'AI DIT QUE JE LA PROTÉGEAIS...
HUMPF...
MERCI SEIGNEUR !
PAS QUE JE FAISAIS LE PORTEUR...

光化門
GLOUPS
ENFIN AU PALAIS.
L'AMBIANCE EST DIFFÉRENTE DE QUAND J'Y SUIS ALLÉE DE NUIT.
FWIT
FWIT
C'EST SÛR, C'EST IMPOSANT ET MAGNIFIQUE MAIS...
J'AI QUAND MÊME L'IMPRESSION QUE C'EST MAUDIT...
ZIEUTE
L'ATMOSPHÈRE EST ASSEZ SOMBRE...

EH BEN ! TOUT ÇA, C'EST À CAUSE DU ROI.
GRML
L'AMBIANCE EST TELLEMENT LUGUBRE...
SHHH...
GRRR ! QU'EST-CE QUE TU VIENS DE DIRE ?!
PRENDS GARDE À TES PAROLES !
GROOOAR
AAARGH
QU'IMPORTE L'ORDRE ROYAL QUI A ÉTÉ DONNÉ...
SI ON DÉCOUVRE QUE TU ES UNE FAUSSE SERVANTE ROYALE, TOUS CEUX AU COURANT SERONT DÉCAPITÉS !
LA CHEFFE DES DAMES DE COUR !
TAP
TAP
SUIS-MOI !
LES GENS PERDENT LA TÊTE POUR BIEN PEU, ICI...
ON VA OÙ ?
T'APPRENDRE L'ÉTIQUETTE DE LA COUR !
DO
DOUM

C'EST LÀ QUE TU LOGERAS DÉSORMAIS, AVEC MOI.
ARGH ! JE VAIS DEVOIR VIVRE ICI AVEC LA RESPONSABLE DES DAMES DE COUR ?!
PFFF...
GRMBL
GROOOOAR
OÙ EST-CE QUE TU TE CROIS, À SOUFFLER COMME ÇA ?!
SI TU SOUPIRES PAR INADVERTANCE DEVANT LE ROI, TU TE FERAS DÉCAPITER !
SI TU MARMONNES QUELQUE CHOSE, TU...
ÇA NON PLUS, CE N'EST PAS POSSIBLE... ÇA AUSSI, C'EST INTERDIT...
ET SI TU ME DEMANDES SI ÇA C'EST AUTORISÉ, LA RÉPONSE EST NON...
FWIP
FWIP
INCROYABLE... ELLE A PASSÉ UNE MATINÉE ENTIÈRE À ME DIRE CE QUI ÉTAIT INTERDIT...
QU'EST-CE QUI EST PERMIS, ALORS ?
FOUAAAAH

JE DEVENAIS FOLLE À CAUSE DE TOUTES CES ÉTIQUETTES QUAND JE VIVAIS ENCORE DANS LE PAVILLON POUR FEMMES !
ÇA SIGNIFIE QUE JE VAIS DEVOIR DIRE AU REVOIR À CES SEPT ANNÉES DE LIBERTÉ ?
C'EST BIENTÔT L'HEURE DU REPAS DU ROI.
TU ES DÉSORMAIS UNE DOMESTIQUE ROYALE.
TU SERAS L'OMBRE DE SA MAJESTÉ.
COMPRIS ?!
OUI… MADAME…
FWOUSH
GROOOAR
SA MAJESTÉ LE ROI !
TAP
TAP
AH…
BRR
LE ROI…

...
FWOOP
FWIP
JE ME DOUTAIS QU'IL ALLAIT M'IGNORER.
VIOUSH
IL ME REGARDAIT POURTANT SI TENDREMENT QUAND JE JOUAIS LA PRINCESSE...
POURQUOI EST-IL SI DÉSA-GRÉABLE ?
TSS...
IL FAIT DE LA DISCRIMINATION ?
FFT
MAJESTÉ, VOICI VOTRE REPAS.

WOUAH !
QUEL FESTIN !
SHAAA
UN RAGOÛT FUMANT !
BLOUP
UN TARTARE, DIVIN QUAND ON LE MANGE AVEC DE LA POIRE !
CLANG
UNE SOUPE DE VIANDE QUI DÉBORDE !
BLOUP

MES TROIS PLATS DE VIANDE PRÉFÉRÉS !
FFT
IL MANGE AVEC SI PEU D'APPÉTIT !
TIC
TIC
POURQUOI MANGE-T-IL DE CETTE FAÇON...
DES METS AUSSI EXQUIS ?
GROULOU
HWIK
VLAF

ARGH !
GLOUPS
LA HONTE !
...
SI VOUS AVEZ FINI DE ME SERVIR, VOUS POUVEZ Y ALLER.
PAF
BIEN, MAJESTÉ.
STOP
TOI !
BIEN...
TADADAD
JE VAIS ME DÉPÊCHER DE LES SUIVRE.
ARGH !

TU RESTES LÀ.

CHAPITRE
11

TSS...
ÉVASION RATÉE.
GRMBL
APPROCHE.
TAP
TAP
COMMENT OSES-TU SALIVER ET FAIRE UN TEL BRUIT...
PENDANT LE REPAS DU ROI ?
MAIS JE NE SAIS PAS POURQUOI, J'AI PAS ENVIE.
EH BIEN...
LA RESPONSABLE DES DAMES DE COUR M'A DIT QUE DANS UNE TELLE SITUATION...
TU AS INTÉRÊT À LE SUPPLIER !
JE DOIS ME PROSTERNER ET LE SUPPLIER D'ÉPARGNER MA VIE POUR CE PÉCHÉ MORTEL...
JE NE L'AI PAS FAIT EXPRÈS.

GRRR
COM-MENT ?!
FFT
OUH LÀ ! MON CORPS A BOUGÉ DE LUI-MÊME...
EST-CE LÀ UNE FAÇON DE ME RÉPONDRE ?!
BAM
DOIS-JE TE TUER POUR QUE TU REPRENNES TES ESPRITS ?!
ET IL VEUT QUE JE CONTRÔLE LE ROI ?
CE VIEUX GAEYI, ALORS !
JE SUIS VENUE POUR EXORCISER L'ÂME DE LA PRIN-CESSE...
BRR
BRR
JE VAIS FINIR PAR PERDRE LA VIE, À ÉCOUTER SES CONSEILS !

MAIS SI VOUS NE VOUS NOURRISSEZ PAS CORRECTEMENT…
VOTRE CORPS ET VOTRE ESPRIT NE POURRONT PAS SURVIVRE À CETTE MISSION…
TU PARLES COMME MON MÉDECIN.
A DIT…
LA PRINCESSE.
QUE C'EST RÉBARBATIF.
N'AS-TU RIEN DE NOUVEAU À ME DIRE ?
AH ! MA BOUCHE DOIT ÊTRE EN MODE…
ESCROQUERIE AUTOMATIQUE…
COMMENT ? LA PRIN-CESSE ?
TU ES REDEVENUE LA PRINCESSE ?
HÉ HÉ HÉ
JE NE PEUX PAS ME FAIRE POSSÉDER SOUVENT, MAIS…
QUELQUES FOIS J'ENTENDS LA PRINCESSE PARLER.

TSS…
COMMENT UN HOMME AUSSI MENAÇANT…

PEUT-IL DEVENIR DOUX COMME UN AGNEAU À LA SIMPLE ÉVOCATION DE SA DÉFUNTE FEMME ?

CE SONT LES MOTS DE LA PRINCESSE ?
C'EST L'IDÉE GLOBALE.
HÉ HÉ
LA PAROLE DES MORTS EST ASSEZ FLOUE...
OUI... OUI ?
QUE DITES-VOUS ?
FWIP
FWIP
QUOI ?
LA PRINCESSE CHERCHE À ME DIRE AUTRE CHOSE ?
HUM... COMMENT PUIS-JE LE FORMULER...
AIMIEZ-VOUS BEAUCOUP LA PRINCESSE ?
ÉVIDEMMENT.
JE N'AI JAMAIS VU PLUS GENTILLE FEMME QU'ELLE.
VOUS N'AVEZ PAS DÛ PARTAGER BEAUCOUP DE REPAS ENSEMBLE.

EFFECTI-VEMENT…
DIRE QUE NOUS ÉTIONS UN COUPLE MAIS QUE NOUS N'AVONS JAMAIS PU MANGER ENSEMBLE…
C'EST UNE DES CHOSES QUE JE REGRETTE LE PLUS.
HUM… DONC…
QUOI ? QUE DIT-ELLE ?!
TOI… MANGER LE REPAS DU ROI ?
SH
ELLE AIMERAIT ME VOIR…
LAAAA
HÉ HÉ
MANGER…

PUISQU'ELLE NE PEUT MANGER À VOS CÔTÉS...
ELLE ME DEMANDE DE LUI MONTRER UNE SCÈNE DE REPAS CONVIVIAL.
NON... QUAND LA PRINCESSE ÉTAIT EN VIE, JAMAIS ELLE NE DÉROGEAIT À L'ÉTIQUETTE DE LA COUR...
COMMENT PEUT-ELLE DIRE VOULOIR VOIR LE ROI MANGER AVEC UNE SIMPLE DOMESTIQUE ?
"MAINTENANT QUE JE SUIS DÉCÉDÉE...
À QUOI CELA SERT-IL DE RESPECTER CES RÈGLES ?"
GLOUPS
BIEN, SI JE POUSSE ENCORE UN PEU...!
NON, NON ! C'EST IMPOSSIBLE !
PARTEZ, S'IL VOUS PLAÎT !
FWIP
FWIP
AH
ELLE... CHASSE L'ESPRIT DE LA PRINCESSE ?!

D'ACCORD !
WIP
TU DOIS MOURIR DE FAIM, MANGE.
NON.
DOCILE
JE NE PEUX M'Y RÉSOUDRE. ON M'A ENSEIGNÉ TOUTE LA JOURNÉE LES ÉTIQUETTES DE LA COUR.
COMMENT POURRAIS-JE TOUCHER AU REPAS DU ROI ?
JE NE VEUX PAS MOURIR.
PRÉCAUTIONNEUX
L'ES... L'ESPRIT QUE TU SERS EST CELUI DE LA PRINCESSE.
IL FAUT BIEN QUE NOUS L'ÉCOUTIONS.
ET SI SON ESPRIT S'EN ALLAIT ?
MMH...

RÉFLÉCHIT
EN Y RÉFLÉCHISSANT BIEN…
VOUS AVEZ RAISON.
BLING
DANS CE CAS, JE VAIS GOÛTER.
TCHAK
PAR OÙ VAIS-JE COMMENCER ?

LES TROIS PLATS AVEC DE LA VIANDE ?
BLOUP
BLOUP
TCHAK
AH ~
SHALA
JE M'EN DOUTAIS !
C'EST PLUS QUE DIVIN !!
AAAAA
QUEL FESTIN DE VIANDE !

LA FAÇON DE MANGER DU PEUPLE N'EST VRAIMENT PAS BANALE !
EN MÊME TEMPS, C'EST PRÉPARÉ PAR LES MEILLEURS CUISINIERS DE JOSEON AVEC LES INGRÉDIENTS LES PLUS RAFFINÉS DU PAYS !
CROUNCH
MIAM
MIAM
CROUNCH
MIAM
TCHAK
TCHAK

ZIEUTE
ELLE A L'AIR D'APPRÉCIER LE REPAS...
VOUS NE MANGEZ PAS ?
C'EST LA PREMIÈRE FOIS QUE JE VOIS QUELQU'UN MANGER AVEC AUTANT D'APPÉTIT.

LA PRINCESSE VOULAIT NOUS VOIR APPRÉCIER CE REPAS ENSEMBLE.
CRUNCH
CRUNCH
AH, OUI…
ÇA M'EST DÉJÀ ARRIVÉ DE ME DIRE QUE JE MANGEAIS DE LA PÂTÉE POUR CHIEN QUAND JE MAN-GEAIS SEUL…
FFT
MANGER AVEC QUELQU'UN ME PROCURE UNE TOUTE NOUVELLE ÉNERGIE.

C'EST...
TA DAM
MH ?
UN DUEL ?!

TCHAK
TCHAK
TCHAK
TCHAK
TCHAK
CRUNCH
CRUNCH
CRUNCH
CRUNCH
TCHAK
TCHAK
TCHAK
TCHAK
TCHAK
TCHAAAK

FSSS...
CLING
...
FIOU...
HAN
HAN
PRINCESSE, J'AI BIEN MANGÉ !
FWOUSH
FWOUSH
JE ME DEMANDE DEPUIS COMBIEN DE TEMPS JE N'AVAIS PAS MANGÉ AVEC AUTANT D'APPÉTIT...

MAIS… AI-JE TROP MANGÉ ?
HM HM
JE SUIS UN PEU GÊNÉ.
SHLING
SATISFAITE
CHACUN SE DOIT DE SE NOURRIR CORRECTEMENT.
IL EN VA DE MÊME POUR UN ROI.
REGARDEZ-MOI LA VITALITÉ QUI S'EMPARE DE LUI !

SI J'ARRIVE À AMÉLIORER CHACUNE DES CHOSES QUE LE ROI A LAISSÉ TOMBER...
JE FINIRAI PAR LUI FAIRE ACCEPTER LE DÉPART DE LA PRINCESSE.
IL FAUT D'ABORD QU'IL SOIT EN MEILLEURE SANTÉ PHYSIQUE.
POUR QUE SON CŒUR BRISÉ SE RENFORCE.
FWIP
FWIP
Z
Z
Z
FWISH
FWISH
CLANG
FWIIIII...

CLANG
AH !
FWIIIIII
VLAF
FAITES ENTRER SORANG !
HWIK
EST-CE QUE…
LA PRINCESSE ME PARLE ?
PARDON ?

ELLE N'EST POURTANT PAS LÀ…
ÇA Y EST, JE ME SUIS HABITUÉE À CETTE COMÉDIE.
FIOU…
J'AI L'IMPRESSION QUE MES CRIMES S'ACCUMULENT.
TU…
N'ENTENDS PAS CE SON ?
COM-MENT ?
CE N'EST QUE LE BRUIT DU VENT.
?
JE N'AI RIEN ENTENDU D'AUTRE.
SI ! ÉCOUTE BIEN ! J'ENTENDS QUELQUE CHOSE !
FWIIIIII
WOUUUSH
LÀ !
CE BRUIT !
FWIIIIII
WOUUUSH

-INQUIÉTUDE PASSAGÈRE-

CHAPITRE 12

INSPECTEUR.
INSPECTEUR !
MADAME WON ?
QUE SE PASSE-T-IL À UNE HEURE AUSSI TARDIVE ?
EH BIEN...
VOUS DEVEZ VENIR D'URGENCE AU PALAIS.
MONSIEUR SANGSEON M'A DEMANDÉ DE VOUS MENER SECRÈTEMENT À LUI.
?!

LE ROI...
FWIOUSH...
VOTRE MAJESTÉ.

VOUS TREMBLEZ ?
ARGH !
QUI...
QUI A PEUR ICI ?!
JE NE LUI AI PAS DEMANDÉ S'IL AVAIT PEUR...
PLOUF
HWIK
C'EST...
PEUT-ÊTRE...
PIOUF
COMMENT ?
QU'IL EST TERRIFIÉ PAR LES FANTÔMES ?
PLOUF
CROAK CROAK
C'EST UNE GRENOUILLE.
UN AIR INEXPLICABLEMENT MÉLANCOLIQUE

C'EST VRAI QUE TOUT À L'HEURE...
Y...
BRR BRR
?
IL EST BEAU MÊME QUAND IL A PEUR. PFF !
IL TREMBLAIT COMME UNE FEUILLE QUAND JE LUI AI PROPOSÉ D'ALLER VOIR DE LUI-MÊME...
Y ALLER MOI-MÊME ?!
MAJESTÉ.
ET SI NOUS AVANCIONS DAVANTAGE ?
ENCORE ?
HWAK
OUI.
VOUS DEVEZ FAIRE LE TOUR COMPLET AFIN DE VOUS RENDORMIR PAISIBLEMENT.
JE COMPRENDS POURQUOI IL PENSAIT ENTENDRE LES VOIX D'UN ESPRIT OU DE LA PRINCESSE.
DES VOIX ENTRE LES BRUITS DU VENT ? TU PARLES...
LES MURS SONT TELLEMENT FINS QU'IL S'IMAGINE DES CHOSES.
ET... SI... LE FANTÔME APPARAIS-SAIT...
ALORS JE M'EN OCCUPERAI ! JE SUIS AVEC VOUS !
REGARDEZ-MOI ÇA. IL EST COMPLÈTEMENT PARALYSÉ !

D'AC… D'ACCORD. ALORS ALLONS-Y.
FIOUSH
AH !
GRIP
KYA!
CE… CE BRUIT…
TU NE L'AS PAS ENTENDU ?
SI… SI… J'AI BIEN ENTEN-DU QUELQUE CHOSE…
PROCHE + FILTRE LUNAIRE…

LE BRUIT DE MON CŒUR QUI BAT LA CHAMADE !
= ÉCLAT X 10 !
BABOUM
BABOUM
VOUS DEVRIEZ ME PRÉVENIR !
ÇA VA FINIR PAR ME TUER !
WOUuuuSH
FWIII
!
FWIOuuuuSH
GNAP

PEUT-ÊTRE QUE CE N'EST PAS SA PEUR DES FANTÔMES...
QUI... L'A RENDU SI FAIBLE ?
GLOUPS

EH BIEN ! IL NE FAUT PAS VOUS INQUIÉTER, MAJESTÉ.
GNIP
JE VAIS ARRANGER TOUT ÇA !

PLOUF
MONSIEUR SANGSEON, VOUS M'AVEZ APPELÉ ?
TA DA DAP
INSPECTEUR LEE.
QUE SE PASSE-T-IL ?
EH BIEN…
LE ROI A RESSENTI LA PRÉSENCE D'UN FANTÔME ET EST SORTI AVEC LA JEUNE SORANG…
JE N'AI PU FAIRE APPEL À QUI QUE CE SOIT D'AUTRE AU CAS OÙ LA JEUNE FEMME SE REFERAIT POSSÉDER…
AH.
C'EST VRAI…
CRAC
CRAC CRAC
DOUM
NOUS NE POUVONS PAS MONTRER ÇA À QUI QUE CE SOIT…

ET DONC ?
OÙ EST LE...

N'EST-CE PAS INCROYABLE ?
HWIK
BOUM
DEPUIS LE DÉCÈS DE LA REINE ET PENDANT SEPT ANS, IL N'A PLUS APPROCHÉ AUCUNE FEMME.
ET LÀ, IL DISCUTE CALMEMENT AVEC CETTE DEMOISELLE.

IL POURRAIT BIEN SE PASSER QUELQUE CHOSE…
HO HO !
…
J'AI L'IMPRESSION QUE VOUS VOUS ÊTES TROMPÉ, VOTRE MAJESTÉ.
JE ME DEMANDE BIEN DE QUOI ILS DISCUTENT AUSSI TENDREMENT ?
VOUS ENTENDEZ QUELQUE CHOSE ?
VIOUSH
VIOUSH
VIOUSH
FIOUP FIOUP FIOUP

JE ME SUIS TROMPÉ ?
SI MON RAFFUT S'EST AVÉRÉ VAIN...
J'ÉTAIS PERSUADÉ D'AVOIR ENTENDU UN FANTÔME...
...
C'EST BON.
FFT
RENTRONS.

TAP
TAP
FWIII
...
SES MAINS ÉTAIENT TELLEMENT GRANDES ET CHAUDES...
QUE JE NE M'ÉTAIS PAS APERÇUE QU'IL FAISAIT FROID.
TAP

VOTRE MAJESTÉ, NE VOUS INQUIÉTEZ PAS.
QUAND ON A UN CORPS ET UN ESPRIT AFFAIBLIS, IL EST NORMAL D'ENTENDRE DES CHOSES… NON ?
FIOUP FIOUP
AFFAIBLI ? JE SUIS EN PLEINE FORME !
QUAND J'ÉTAIS JEUNE, RIEN NE RÉSISTAIT À MON ÉPÉE.
OUI, OUI ! QUAND VOUS ÉTIEZ ENFANT.
MAIS PLUS MAINTENANT.
LE CORPS EST EXTRÊÊÊMEMENT IMPORTANT POUR UN HOMME, NON ?
AH ! PILE À TEMPS !
COMME…
CE TORSE ! IL EN FAUT AU MOINS UN COMME CELUI-CI !
BOUM

CETTE GRANDE TAILLE ! CE CORPS FERME !
OH ?
CES ÉPAULES LARGES ! CES GROS BICEPS !
HO HO ! ES-TU EN TRAIN DE DIRE...
QUE JE NE FAIS PAS LE POIDS FACE À SINWON ?
CO... COMMENT ?!
EH BIEN, C'EST QUE L'INSPECTEUR LEE EST UN MILITAIRE...
POURQUOI ON PARLE DE MOI ?
GRRR
ET DONC ? TU INSINUES QUE MOI, LE ROI, JE PERDRAIS FACE À LUI ?

RÉPONDS !
PFF...
GRIP
C'EST LE ROI DES IDIOTS OU QUOI ?!
PAS DE DOUTE, IL RÈGNE SANS PARTAGE.
À CE MOMENT-LÀ...

LES PAROLES DE GAEYI...
"SORANG, ÉCOUTE-MOI BIEN.
QUAND TU SERAS AU PALAIS...
RÉSONNENT DANS LA TÊTE DE SORANG.

TU DEVRAS...
POUR ÊTRE HONNÊTE...
J'AI L'IMPRESSION QUE L'INSPECTEUR EST PLUS FORT QUE VOUS.
MAÎTRISER LE ROI !"

-NOTRE RESPECTABLE INSPECTEUR-

CHAPITRE
13

LA LUNE EST EXTRÊMEMENT BRILLANTE.
MÊME LES INSECTES SEMBLENT ENDORMIS, VU LE SILENCE QUI RÈGNE ICI…
ALORS…
À UNE HEURE PAREILLE…
QU'EST-CE QUE JE FAIS ICI ?!
UNE ÉPÉE EN BOIS ? NOUS NE SOMMES PLUS DES ENFANTS !
APPORTE-M'EN UNE VRAIE.
FWIIIII
C'EST DANGEREUX, IL FAIT NUIT NOIRE.
CONTENTEZ-VOUS DE CELLE-CI, JE VOUS PRIE.

HUM... D'ACCORD. ÇA FAISAIT LONGTEMPS QUE JE NE M'ÉTAIS PAS SERVI D'UNE ÉPÉE EN BOIS.
TCHAK
BON, SINWON.
NE ME MÉNAGE PAS !
...
ME BATTRE SÉRIEUSEMENT CONTRE LE ROI...
IL N'Y PENSE QUAND MÊME PAS, SI ?
QU'EST-CE DONC QUE CETTE TÊTE ? TU COMMENCES ENFIN À T'INQUIÉTER ?
ZIEUTE
COMMENT EN EST-ON ARRIVÉS LÀ ?

FAITES BIEN ATTENTION, MAJESTÉ.
J'AI L'AIR AUSSI MOLLASSON QUE ÇA ? NE T'EN FAIS PAS.
SI SEULEMENT LA JEUNE SORANG N'AVAIT PAS DIT N'IMPORTE QUOI…
POINT DE VUE DE SINWON
ÉTRANGEMENT CALME…
?!
HÉ HÉ !
FWIT
EXCUSEZ-MOI, INSPECTEUR.

OUI, BON...
CE N'EST PAS COMME SI ELLE L'AVAIT FAIT EXPRÈS...
WON...
?!
FWIOUSH
LEE SINWON !
OÙ AS-TU DONC LA TÊTE ?!
SI, SI.
ELLE L'A FAIT EXPRÈS.
FWIT FWIT
AM
MINCE !
WOUAH !
MAJESTÉ JE VOUS AIME !
JE PENSAIS QUE CE N'ÉTAIT QUE DES PAROLES EN L'AIR.
MAIS LE ROI A L'AIR PLUS VIGOUREUX QUE PRÉVU !

C'ÉTAIT UNE ERREUR. QU'IMPORTE LE COMBAT, JE NE DOIS PAS ME DÉCONCENTRER…
GRIP
FWIP
!
SLASH
FWIP
VLAM
VOTRE…
BLUSH
?!
MAJESTÉ !
KYAH !
KYAH !
SON POSTÉRIEUR !

HA HA...
EH BIEN, SINWON.
NE T'AVAIS-JE PAS DIT DE NE PAS ME MÉNAGER ?
SI ÇA AVAIT ÉTÉ UNE VÉRITABLE ÉPÉE, TON POSTÉRIEUR AURAIT ÉTÉ COUPÉ EN DEUX.
TAC
...

MON DIEU !
BABOUM
ALORS C'EST ÇA UN DUEL ENTRE HOMMES ?
BABOUM
HEIN ? MAIS LE POSTÉRIEUR N'EST-IL PAS DE BASE SÉPARÉ EN DEUX ?
VOUS ÊTES LE MEILLEUR
AS-TU VU, SORANG ?!
VOICI MA FORCE !
HA HA HA
FFT
...
J'AI ÉTÉ DÉLOYAL, MON ROI.
HEIN ?
À PRÉSENT...
FWIP
UN SOLDAT DU ROYAUME QUI NE MET PAS TOUT SON CŒUR DANS UN COMBAT, C'EST INADMISSIBLE.
FFT
JE VAIS ME BATTRE SÉRIEUSEMENT.

HEIN...?
SHAAA
COURAGE !
VLAM
VIOUSH
!!
FWIP
CLANG
TAC
VLAM
MON DIEU, MON DIEU !
BABOUM
BABOUM
C'EST TROP BIEN !
MADEMOI-SELLE ! MOINS FORT.
CHUT...
GRRR

ARGH...
AAAAAAH!!

POF
OH ?
SWOOOSH
ZIOUP

VOUS ALLEZ BIEN, VOTRE MAJESTÉ ?
...
PFOU
POUHAHA
OUI.
J'AI PERDU.
C'EST COMME ÇA QU'ON DOIT SE BATTRE !
POF

ÇA FAISAIT LONGTEMPS QUE JE NE M'ÉTAIS PAS BATTU AUSSI SÉRIEUSEMENT.
FFT
LES AUTRES ME MÉNAGENT PARCE QUE JE SUIS LE ROI...
SINWON.
NE CHANGE PAS ET RESTE À JAMAIS À MES CÔTÉS.
JE NE ME SUIS PAS FAIT D'AMI DEPUIS LONGTEMPS.
TU ES LE SEUL QUI SOIT SINCÈRE AVEC MOI.
MAJESTÉ...
SI TU VOIS QUE JE PERDS LA RAISON, FAIS COMME JE T'AI MONTRÉ ET DONNE-MOI UN BON COUP SUR LE SÉANT.
SOYEZ-EN CERTAIN.
JE VOUS CONFIE MA VIE, VOTRE MAJESTÉ.
OUI, JE TE FAIS CONFIANCE.

ET IL N'Y AURA JAMAIS DE PROBLÈME DE FEMMES ENTRE NOUS.
!!
TAP
HA HA HA
JE SAIS QUE JAMAIS TU NE TRAHIRAS MA CONFIANCE.
OUI... MAJESTÉ.
CE FUT UNE DURE JOURNÉE.
SEJANG ! JE RENTRE.
BIEN, VOTRE MAJESTÉ !
...
FWIT

MAJESTÉ, VOUS AVEZ FAILLI VOUS FAIRE ZIGOUILLER TOUT À L'HEURE, NON ?
IL NE RIGOLE PAS, CET INSPECTEUR LEE, N'EST-CE PAS ?

TU NE SAIS VRAIMENT PAS T'ADRESSER AU ROI, TOI.
FWIT
C'EST PARCE QUE JE NE SUIS QU'UNE IGNORANTE. J'EN SUIS CONFUSE.
ENFIN, C'ÉTAIT VRAIMENT INCROYABLE.
SURTOUT LA FAÇON DONT L'INSPECTEUR LEE TIENT SON ÉPÉE...
DE VOUS DEUX, ON SAIT QUI EST LE PLUS SENSUEL !

ENLÈVE-LES.
COMMENT ?
N'ES-TU PAS UNE DAME DE COUR ?
QUE FAIS-TU ? DÉPÊCHE-TOI D'ENLEVER MES VÊTEMENTS.

CHAPITRE
14

VOUS... LES ENLEVER ? ICI... MAINTENANT ?
OUI.
DEPUIS...
QUAND ?
LE ROI...
BOOM
EST-IL AUSSI TRANSPIRANT ?
BOO
BOOM
WOUAH !
GLOUPS

HÉSITE
HÉSITE
HÉ HÉ
TU ME PARLAIS DE SENSUALITÉ…
FWIP
!
REGARDE…
FLAP
JE VAIS TE MONTRER CE QUE C'EST LA SENSUALITÉ.

PFOU...
PFOUAHA !
POSTILLONS
!
TU... TE... MOQUES ?!
ET EN PLUS, TU ME CRACHES DESSUS ?!
FFT FFT —
PFOUAHAHA !
VEUILLEZ M'EXCUSER, MON ROI.

C'EST PARCE QUE VOUS AVEZ PARLÉ DE SENSUALITÉ...
VOUS VOUS TROMPEZ, MAJESTÉ.
LA SENSUALITÉ D'UN HOMME VIENT D'UN CERTAIN "ANGLE" QU'IL ADOPTE.
UNE PARFAITE ET...
FORTE...

TA DAM
APPARENCE !
POURQUOI C'EST ENCORE SINWON... ?

AU MÊME MOMENT, LE VRAI SINWON...
FRISSONS
POURQUOI EST-CE QUE J'AI LA CHAIR DE POULE ?

HUM
HUM
SI VOUS SOUHAITEZ VRAIMENT ME MONTRER VOTRE SENSUALITÉ...
COMMENT POURRAIS-JE LE REFUSER, MOI, UNE PAUVRE FILLE ?
JE VAIS DONC...
GLOUPS !
OBÉIR À VOS ORDRES !
AAAAH !
MOUAHA !
NE T'APPROCHE PAS !
TA DA DAP
AH ! C'EST... C'EST UN ORDRE ! NE T'APPROCHE PAS !
À... À L'AIDE !
MAJESTÉ ! VENEZ !
BAM

FWIII~
UNE AUTRE PERSONNE S'EST CHARGÉE DE LE CHANGER
...
AH... IL SE FAIT TARD ET JE N'ARRIVE ENCORE UNE FOIS PAS À M'ENDORMIR...
FWIIT...
SORANG.

IL PARAÎT QUE TU AS ERRÉ PENDANT SEPT ANS DANS TOUT JOSEON ?
?
OUI. JE SUIS NÉE POUR VAGABONDER.
TU AS DONC DÛ VIVRE BEAUCOUP D'EXPÉRIENCES, CONTRAIREMENT À MOI.

C'EST VRAI QUE...
JE N'AI RIEN APPRIS MAIS J'AI VU BEAUCOUP DE CHOSES.
VOULEZ-VOUS QUE JE VOUS RACONTE UNE HISTOIRE ?
IL N'A PRESQUE JAMAIS DÛ SORTIR DU PALAIS.
OUI, VAS-Y.
SI C'EST ININTÉRESSANT, JE TE FAIS DÉCAPITER.
IL N'Y A PAS QUE DES BONNES CHOSES À ÊTRE LE SOUVERAIN DU PAYS.
EH BIEN, JE VAIS COMMENCER.
AHEUM !
C'EST ARRIVÉ IL Y A QUELQUES ANNÉES, ALORS QUE JE ME RENDAIS DANS UN VILLAGE...
MADAME WON.
MONSIEUR SANGSEON.

COMMENT EST-CE QUE ÇA SE PASSE ? AUCUN INCI-DENT ?
EH BIEN...
ELLE N'A AUCUNE MANIÈRE. JE PENSAIS QU'ELLE SE SERAIT DÉJÀ FAIT RÉPRIMANDER MAIS...
AU CONTRAIRE... J'AI L'IMPRESSION QU'ELLE SE DÉBROUILLE BIEN.
IL NE S'EST MÊME PAS ÉNERVÉ.
OH ! N'EST-CE PAS LÀ UNE GRANDE CHANCE ?
IL ÉTAIT TOUJOURS D'UNE HUMEUR TERRIBLE AU COUCHER CAR IL N'ARRIVE PAS À DORMIR.
OUI... IL FAUT VOIR CE QUE L'AVENIR NOUS RÉSERVE...
ET DONC !
NOUS AVONS DÉ-COUVERT PLUSIEURS CONCAVITÉS DANS LE ROCHER.
ET JE VAIS VOUS DIRE POURQUOI...
CE SONT LES FEMMES EN MAL D'ENFANT QUI EN PRÉLEVAIENT UNE PARTIE...
ET AVEC...

FRO...
FROT-TAIENT...
ZZZ...
AH !
SI J'EXPLIQUE DAVANTAGE, IL FAUDRA ME CENSURER...
KYAH !
JE NE PEUX EN DIRE PLUS POUR LES JEUNES QUI SONT LÀ...
OH ?
IL S'EST ENDORMI.
C'EST VRAI QU'IL A BIEN MANGÉ...
QU'IL S'EST BALADÉ ET S'EST BATTU...
ZZZ...
ZZZ...
IL EST PLUTÔT BEAU QUAND IL EST CALME.
EN TEMPS NORMAL, C'EST UN VRAI MONSTRE...

PRINCESSE…
VOUS DEVEZ ÊTRE TELLEMENT TRISTE…
D'AVOIR LAISSÉ UN HOMME QUI VOUS CHÉRIT AUTANT…
SI ÇA AVAIT ÉTÉ MOI…
JE SERAIS DEVENUE UN FANTÔME…
MAIS À QUOI EST-CE QUE JE PENSE ?

JE PENSE VRAIMENT À N'IMPORTE QUOI UNE FOIS LA NUIT TOMBÉE !
D'AILLEURS, COMMENT VAIS-JE TENIR TOUTE LA NUIT ?
CUI
CUI
CUI
CUI
OH ?
TIENS ?
JE ME SENS LÉGER...
ET J'AI LES IDÉES CLAIRES...
FTT

ALORS LES MATINS...
CUI
CUI
CUI
ÉTAIENT DES MOMENTS AUSSI FRAIS ET LÉGERS ?
VIOUP
VIOUP

SO...
SORANG, VIENS VOIR.
QU'ARRIVE-T-IL À MON CORPS... ?
AAAH !
EXTÉNUÉE...
BOUM
SURPRIS
VOUS ÊTES RÉVEILLÉ, VOTRE MAJESTÉ ?
LIVIDE
QUE... QU'EST-CE QUI LUI ARRIVE ?!
SERAIT-ELLE POSSÉDÉE PAR UN FANTÔME ?
J'AI L'IMPRESSION QU'ELLE A ASPIRÉ TOUS LES MAUX DE JOSEON EN ELLE...
AH... JE VAIS MOURIR. JE NE M'ATTENDAIS PAS À CE QUE VEILLER TOUTE LA NUIT SOIT AUSSI USANT.

JE N'AI PAS PU FERMER L'ŒIL DE LA NUIT.
TU... TU AS FINI TON TRAVAIL.
TU PEUX ALLER TE REPOSER.
VOUS ÊTES D'UNE EXTRÊME BONTÉ, VOTRE MAJESTÉ !
IL FAUT QUE J'AILLE DORMIR...
EN
LAMBEAUX
...?
FOUAAAH

VOTRE EXCELLENCE, QUE NOUS VAUT CETTE VISITE SI MATINALE ?
TU N'AS PAS À LE SAVOIR.
MAIS SINON...
BRR
BRR
QUI EST CETTE MISÉRABLE DEMOISELLE ?
JE NE L'AI JAMAIS VUE AVANT.
MMH...
CE SERAIT...?
!!

CHAPITRE
15

MINISTRE DE LA GUERRE JO SEONGGYUN
MMH...
TU AS PRIS UNE NOUVELLE DOMESTIQUE SANS ME PRÉVENIR ?
JE CONNAIS LE VISAGE DE TOUTES LES DOMESTIQUES DU PALAIS.
IL A TIRÉ PROFIT DU CHAOS QU'A CAUSÉ LA MORT DE LA PRINCESSE...
ET SON INFLUENCE DÉPASSE MÊME LES MURS DU PALAIS.

AU MOMENT OÙ IL APPRENDRA QU'ON A FAIT VENIR UNE CHAMANE POUR APPELER LA PRINCESSE DÉCÉDÉE…
IL SE SERVIRA DE CELA POUR SE DISPUTER AVEC LE ROI, LUI QUI LE DÉTESTE !
C'EST LA JEUNE SUNA.
ELLE EST LÀ DEPUIS LONGTEMPS.
IL Y AVAIT UNE TELLE PERSONNE ICI ?
OUI.
MAIS ELLE EST TOMBÉE GRAVEMENT MALADE…
JE DOIS TROUVER UN MOYEN D'ARRANGER LA SITUATION !
ET ELLE EST DEVENUE MOCHE D'UN COUP !
SOURNOIS DE MINISTRE !
BOO BOOM
C'EST ABSURDE !
ELLE EST DEVENUE MOCHE… D'UN COUP ?
WIP
WIP
BIEN SÛR.
NE VENEZ-VOUS PAS DE VOIR L'ÉTAT DANS LEQUEL ELLE ÉTAIT ?

MMH.
C'EST VRAI QU'ELLE ÉTAIT DANS UN ÉTAT ALARMANT.
EXTÉNUÉE...
IL A MARCHÉ !
FIOU !
ON DIT QUE LE VISAGE FAIT TOUT...
TU AS EU LA MÊME CHOSE ?
TON VISAGE EST...
ESPÈCE DE...!
...
BON, JE VOIS.
JE M'EN VAIS.
BIEN, VOTRE EXCELLENCE. PASSEZ UNE BONNE JOURNÉE.
GRR
FWIP
TAP
...
TAP

J'AVAIS PEUR QUE CE SOIT UNE DAME DE COUR AYANT OBTENU LES FAVEURS DU ROI MAIS...
BRR
BRR
C'EST IMPOSSIBLE VU SON APPARENCE MISÉRABLE.
IL NE FAUT SURTOUT PAS QUE QUELQU'UN INTERFÈRE MAINTENANT, SURTOUT PAS.
TAP
JE ME SUIS DÉJÀ EFFORCÉ DE ME DÉBARRASSER DE SON CERCLE PROCHE...
TAP
TAP
LA PLACE VACANTE EST LA NÔTRE.
VLAM

PRON~
PSHII~
PRON~
PSHIT~
CETTE...
JE T'AVAIS DIT DE NE PAS RÉVEILLER UN CHIEN EN...
MMH ?
DEBOUT !
DEBOUT !
AH !
CLAC
CLAC
CLAC
AH !
GRAND-PÈRE...
JUSTE UN QUART D'HEURE...
GRR
GRR
HEIN ?! C'EST QUI ?!
AH OUI ! JE SUIS AU PALAIS.
QUE T'AVAIS-JE DIT ?
COMMENT ?
QUE NOUS PERDRIONS NOTRE TÊTE SI ON DÉCOUVRAIT QUE TU ÉTAIS UNE FAUSSE SERVANTE !

IL FALLAIT FAIRE ATTENTION ! ET TOI QUI ERRES À LA VUE DE TOUS !
TU ES BIEN TROP SUSPECTE ! ÇA VA ÊTRE SOURCE DE RUMEURS !
PFF...
JE VIENS À PEINE DE ME COUCHER...
C'EST À CAUSE DE QUI SI JE TRAVAILLE ICI, HEIN ?
GRRR
ON M'A ENGAGÉE DE FORCE, FAIT TRAVAILLER DE NUIT...
GRRR
GRRR
GRRR
ET ON M'EMPÊCHE DE FERMER LES YEUX...
S'IL EN EST AINSI...

UNE SEULE SOLUTION : CHANGER DE SUJET !
OH ! MADAME.
VOTRE VOIX POURRAIT RÉ-VEILLER UN MORT QUAND VOUS ÊTES EN COLÈRE.
VOUS M'AVEZ FAIT REPRENDRE MES ESPRITS !
LE DON QUE J'AI OBTENU À FORCE DE DÉAMBULER DANS TOUT JOSEON !
FLATTER SES SUPÉRIEURS !

COMMENT OSES-TU T'EN SORTIR AVEC ÇA ?
VOYONS ! JE NE FAIS QUE CONSTATER. VOTRE VOIX EST REMARQUABLE !
N'EST-CE PAS ? J'AI RAISON ?
...
MADAME, JE SUIS SÛRE QUE VOUS FAISIEZ DES RAVAGES DANS LE TEMPS, NON ?
EUH... EH BIEN...
IL EST VRAI QUE QUAND JE SUIS PARTIE VIVRE CHEZ MON MARI, LES HOMMES DU VILLAGE EN PLEURAIENT.
MH...
ÇA A MARCHÉ !
LES COMPLIMENTS
MARCHENT AUSSI SUR SUR ELLE !
HEIN ? MAIS...
ÇA VEUT DIRE QUE VOUS AVEZ ÉTÉ MARIÉE ?
OUI.
LA MÈRE DU ROI MANQUAIT DE LAIT DONC ON M'A FAIT VENIR D'URGENCE AU PALAIS POUR LA REMPLACER.
J'AI PU ENVOYER MON SALAIRE À MA FAMILLE.

ET PUIS, AVEC LE TEMPS, J'AI FINI PAR NE PLUS AVOIR DE CONTACT AVEC MA FAMILLE...
MAIS JE NE REGRETTE ABSOLUMENT PAS D'ÊTRE RESTÉE AUX CÔTÉS DU ROI.
C'EST POUR ÇA QUE JE PEUX ME PERMETTRE DE DIRE QUE JE LE CONNAIS BIEN.
JE SAIS COMBIEN IL CHÉRISSAIT LA PRINCESSE.
MAIS À L'ÉPOQUE, IL ÉTAIT GENTIL ET ATTENTIONNÉ.
MAIS PLUS ON AIME, PLUS ON SOUFFRE.
IL PEUT CERTES PARAÎTRE UN PEU PERDU EN CE MOMENT...
SORANG.
FAIS DE TON MIEUX AVEC TON DON POUR GUÉRIR LE CŒUR DU ROI.

ET FAIS DAVANTAGE ATTENTION À NE PAS TE FAIRE DÉMASQUER…
…
OUI. CETTE FOIS-CI, ÇA N'A RIEN À VOIR AVEC LES AMOURS LÉGÈRES DES AUTRES.
ICI, IL FAUT QUE LE CŒUR D'UNE PERSONNE MEURTRIE PAR LA PERTE DE SON AMOUR…
ACCEPTE UNE FAUSSE PARTENAIRE.
EST-CE POUR ÇA QUE POUR UNE FOIS, J'AI LE CŒUR LOURD ?
SI JE RÉVÈLE QU'EN RÉALITÉ JE N'AI AUCUN DON…
MA…
MADAME…

CHANGEMENT RAPIDE
ON ME FERA DÉCAPITER SUR LE CHAMP. JE DOIS ABSOLUMENT MENER À BIEN CETTE MISSION !
HA HA
ÇA VEUT DIRE QUE VOUS ÊTES LA DAME DE COUR...
LA PLUS AU FAIT DE CE QU'IL EST INTERDIT DE FAIRE AVANT LE MARIAGE, N'EST-CE PAS ?

CO... COM-MENT ?

NON MAIS…
COMMENT PEUX-TU TE SOUCIER DE ÇA APRÈS UNE DISCUSSION AUSSI SÉRIEUSE ?!
OH ! IL N'Y A RIEN DE PLUS SÉRIEUX QUE CE SUJET !
J'AI BESOIN DE VOS COMPÉTENCES POUR QU'UNE INNOCENTE DAME DE COUR COMME MOI PUISSE CRÉER DE L'EXCITATION CHEZ LE ROI, NON ?
HÉ HÉ
EUH…
HUM…
IL EST VRAI QU'EN LA MATIÈRE, JE…
HUM…
JE LE SAVAIS ! ALORS PARLEZ-MOI DE VOTRE PREMIÈRE NUIT…
HUM…
FTT
DE QUOI PARLEZ-VOUS DE FAÇON SI ANIMÉE ?
OH ?

CE DEVAIT ÊTRE SECRET, SI JE COMPRENDS BIEN ?
À LA HÂTE
FWIP
FWIP
HUM... RIEN QUI VOUS CONCERNE.
ENFIN BON, QU'EST-CE QUI VOUS AMÈNE ICI ?
N'AVIEZ VOUS PAS DIT QUE LA JEUNE SORANG AVAIT BESOIN D'UN PLACARD ?
VOUS ÊTES VENU LE CONSTRUIRE VOUS-MÊME ?
TCHAK
JE SUIS AMPLEMENT SUFFISANT POUR CETTE TÂCHE !

NE VOUS INQUIÉTEZ PAS. J'AI ENCORE TOUTE MA VITALITÉ.
FORT
FORT
HEIN ?
VLAM
INCROYABLE !
VLAM
HAA
J'ARRIVERAI...
VLAM
À L'ENFON-CER...
MA... MADAME. MONSIEUR SANGSEON M'A L'AIR DIFFÉRENT DE D'HABITUDE...
IL NE DÉGAGE PAS LA MÊME AURA...
ARGH !
OH...

L'ATMOSPHÈRE ÉTRANGE DE CE MOMENT…
MON INSTINCT DE DEVIN ME DIT QUE…
VOUS AVEZ BEAU AVOIR ÉTÉ SEULE PENDANT LONGTEMPS, MADAME, C'EST INTERDIT !
MONSIEUR SANG-SEONG…
IL N'A PLUS… "ÇA" !
SANGSEON EST LÀ?
NON, VOTRE MAJESTÉ.
IL S'EST ABSENTÉ UN INSTANT, IL VA REVENIR TOUT DE SUITE.
JE VOIS…
…

C'EST ÉTRANGE.
PICORE
PICORE
C'ÉTAIT POURTANT BON, HIER.
LA SEULE CHOSE QUI DIFFÈRE D'HIER SOIR...
...
PICORE
QUELQU'UN.
PAF
OUI, MAJESTÉ. DITES-MOI ?
DÉBARRASSE LA TABLE.
ET FAIS VENIR LA FILLE QUI ÉTAIT DE SERVICE HIER SOIR.
BIEN, MAJESTÉ.

MON ROI…
C'EST CE QUE LA PRINCESSE A DIT.
SI VOUS NE VOUS NOURRISSEZ PAS CORRECTE-MENT…
VOTRE CORPS ET VOTRE ESPRIT NE POURRONT PAS SURVIVRE…
À CETTE MISSION.
GLOUPS
GNIP
…
…

FWIP
VLAM
POURQUOI ?
VOUS SAVEZ POURTANT POURQUOI JE N'ARRIVE PAS À MANGER !
C'EST PARCE QUE VOUS M'AVEZ LAISSÉ SEUL...
PRINCESSE...
JAYEON...
MA FEMME...

CHAPITRE 16

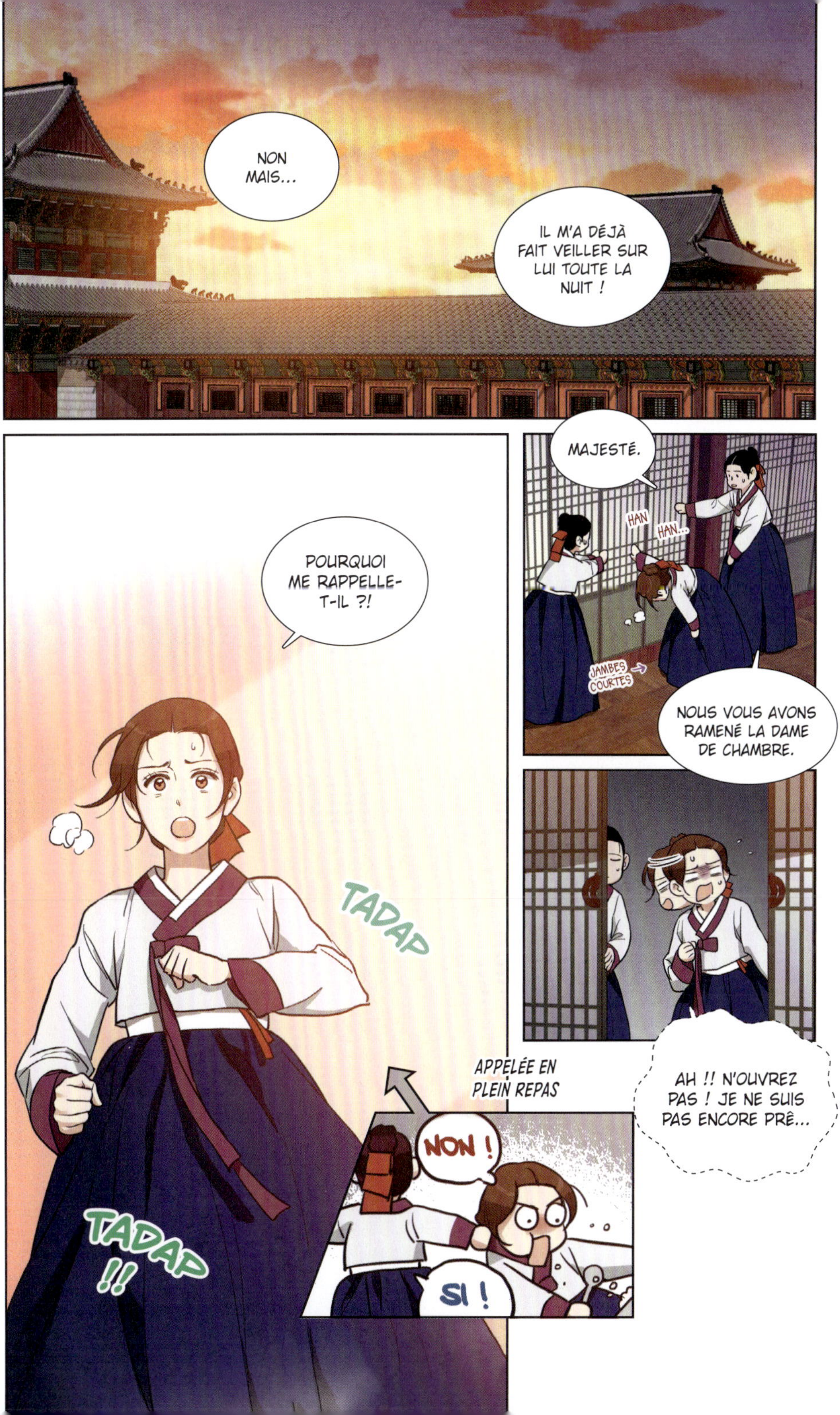
NON MAIS...
IL M'A DÉJÀ FAIT VEILLER SUR LUI TOUTE LA NUIT !
MAJESTÉ.
HAN
HAN...
JAMBES COURTES
NOUS VOUS AVONS RAMENÉ LA DAME DE CHAMBRE.
POURQUOI ME RAPPELLE-T-IL ?!
TADAP
AH !! N'OUVREZ PAS ! JE NE SUIS PAS ENCORE PRÊ...
APPELÉE EN PLEIN REPAS
NON !
SI !
TADAP !!

TE...
...

IL S'EST PASSÉ QUELQUE CHOSE ?
OH ? CES CHOSES PAR TERRE…
SERAIT-CE LES FAMEUSES…
PERNI-CIEUSES REQUÊTES AU ROI ?!
RÉSUMÉ
LE ROI EST UN EUNUQUE ! LE ROI EST UN EUNUQUE ! QU'AI-JE FAIT POUR MÉRITER UN ROI IMPUISSANT…?
ARGH
DENSE ~ ..
AH ! ÇA DOIT ÊTRE ÇA. LIRE TOUT ÇA L'A MIS DE MAUVAISE HUMEUR.
JE SUIS SÛRE QUE ÇA FAIT SEPT ANS QU'ON LUI DIT CE GENRE DE CHOSES…
RAMASSE
FRSH
S'IL NE VEUT PAS QU'ON LE CRITIQUE, IL N'A QU'À SE REMARIER…
AH ! ET SI…

C'ÉTAIT VRAIMENT... UN EUNUQUE ?!
SORANG.
GLOUPS
OU... OUI ?!
C'EST... ÇA ?
ÉVIDEMMENT QU'IL A DÛ ÊTRE BLESSÉ DANS SON ESTIME...
PEUT-ON LE FAIRE TOUT DE SUITE ?

DE QUOI...
DE QUOI ?!
NE ME DITES PAS QUE...
QU'IL CHERCHE À PROUVER QU'IL N'EST PAS UN EUNUQUE...?
C'EST ÇA, LES FAMEUSES FAVEURS DU ROI ? C'EST ÇA ?!
TU M'ÉTONNES QU'IL ÉTAIT SI PRESSÉ QUE J'ARRIVE !
LA POSSESSION.

PEUX-TU...
APPELER LA PRINCESSE ?
...

AH ! LA POSSES-SION !
BOUM
BOUM
MAIS, MAJESTÉ…
EN SON FOR INTÉRIEUR
AAAH
PAF
COUETTE
JE NE PEUX PAS ME FAIRE POSSÉDER AUSSI SOUVENT…
POURQUOI T'AS-T-ON FAIT VENIR AU PALAIS ?
SI TU NE LE FAIS PAS…
"SOUVENT" ?!
CE NE SERAIT QUE LA DEUXIÈME FOIS !
HAA…
VOUS ALLEZ ENCORE ME COUPER LA TÊTE ?

JE...
SUIS AU BORD DES LARMES.
...
HUM...

QUE FAIRE ? SI JE ME FAIS PASSER POUR LA PRINCESSE AUSSI SOUVENT…
ILS DÉCOUVRIRONT QUE CE N'EST QUE DE LA COMÉDIE…
FFF…
MAIS SI AVEC ÇA JE PEUX CALMER LE ROI ET LUI ENLEVER CETTE DOULEUR NE SERAIT-CE QU'UN JOUR…
C'EST AUSSI POUR LE BIEN…
DU PEUPLE.
FLAP-
FLAP-

ET PUIS...
FUU-
MON ROI.

JE NE PEUX PAS CONTINUER DE REGARDER CET HOMME ARBORER UNE TELLE EXPRESSION.
COMMENT ALLEZ-VOUS ?

VOUS... M'AVEZ MANQUÉ.
PRIN...

PRINCESSE...

VOUS VOILÀ.

VOILÀ...

QU'IL FAIT UN BEAU SOURIRE.

AVEZ-VOUS PRIS SOIN DE VOUS ?
J'AI DORMI JUSQUE TARD CE MATIN. ET HIER, J'AI MANGÉ TOUT MON REPAS.
MAIS, PAS AUJOURD'HUI, N'EST-CE PAS ?
EH BIEN... JE N'AVAIS PAS D'APPÉTIT...
CE N'EST PAS BIEN. VOUS DEVEZ ÊTRE EN BONNE SAN-TÉ POUR QUE JE SOIS HEUREUSE.
OUI, OUI.
JE FERAI CE QUE VOUS ME DITES.

TANT MIEUX.
IL DEVIENT DOUX COMME UN AGNEAU QUAND IL EST AVEC LA PRINCESSE.
S'IL DÉCOUVRE QUE TOUT ÇA N'EST QU'UNE MASCARADE...
D'AILLEURS, PRINCESSE...
POURQUOI NE ME DEMANDEZ-VOUS PAS POUR MES ÉTUDES ?
?
ÇA NE VOUS RESSEMBLE PAS.
HEIN ?
INTÉRIEUR
NE M'EN PARLIEZ-VOUS PAS TOUT LE TEMPS ?
VOUS ME DISIEZ DE BIEN LIRE MES LIVRES ET D'ÉTUDIER SÉRIEUSEMENT L'HISTOIRE ET LA POLITIQUE.
C'EST POUR ÇA QUE VOUS AVIEZ TOUJOURS UN LIVRE À LA MAIN.

C'EST QUOI CETTE HISTOIRE ?
VOUS VOUS RAPPELEZ ? DANS CE LIVRE QUE NOUS AVONS LU EN-SEMBLE...
PANIQUE
STOP ! ABANDONNEZ LA MISSION !
C'ÉTAIT PAS DANS LE SCRIPT, ÇA !
J'AI...
RÉALISÉ QUELQUE CHOSE APRÈS MA MORT.
LES GENS DOIVENT ÊTRE RÉSISTANTS...

ET POUR CELA IL FAUT FAIRE DU SPORT ET BOIRE DE L'AL… EUH, DES TISANES MÉDICINALES !
AH ! JE DIS N'IMPORTE QUOI !
ET ON DIT QUE C'EST TOUJOURS MIEUX DE LES BOIRE EN BONNE COMPAGNIE…
NE BUVEZ JAMAIS SEUL.
AIR GRAVE
…
MORT PRÉMATURÉE

AH...

D'ACCORD. JE NE BOIRAI PLUS SANS COMPAGNON.
SANS COMPAGNON ? AH, "BOIRE SEUL".
STAP

SH
LA
AA
AA
!
OUI. NE L'OUBLIEZ PAS.
VOTRE SANTÉ EST TOUJOURS MA PRIORITÉ...
PRINCESSE...

MÊME APRÈS CE QUI VOUS EST ARRIVÉ…
VOUS VOUS FAITES TOUJOURS PLUS DE SOUCI POUR MOI QUE POUR VOUS…
ÇA A MARCHÉ !
BOUM
BOUM
BOUM
J'AI RÉUSSI !
POURQUOI M'AVEZ-VOUS QUITTÉ ?

DITES-LE-MOI, PRINCESSE.
QUE S'EST-IL DONC PASSÉ CE JOUR-LÀ ?

- MÊME SITUATION, DIFFÉRENT GENRE -

À SUIVRE...

SAIS-TU AU MOINS QUI JE SUIS ?
SCLANG
AH...
C'EST LA FIN.

HILLIS... COMMENT...?
ELLE MAÎTRISE LE POUVOIR DE FLORAISON !

SI JAMAIS VOUS DÉCOUVREZ CE MANHUA À PARTIR DE LÀ...
JE VAIS VOUS DÉSHABILLER MAINTENANT.
BIEN...
TAC
JE SAIS QUE LA SITUATION POURRAIT PRÊTER À CONFUSION.
TIME
VSH
MAIS, CETTE SCÈNE N'EST...
PAS DU TOUT CE QUE VOUS IMAGINEZ.

Fighting!

Mariage interdit

Le mariage interdit vol.1

French translation author: Diane Wagner
French translation rights arranged with Naver Webtoon
Corporation through Orange Agency Co., Ltd

Directeur de collection : Pascal LAFINE
Coordinatrice : Lina LIANG
Supervision éditoriale : Léna PANZANI
Relecture-correction : Victoria JUILLARD
Maquette et lettrage : Célian VARINI
Conception graphique : Yohan JULIEN

Ce volume contient les épisodes 01 à 16.
Dépôt légal : juillet 2024
ISBN : 978-2-38288-215-3

Imprimé et relié en mai 2024
par Rotolito S.p.A., en Italie

Groupe Delcourt - KBOOKS -
8 rue Léon Jouhaux 75010 Paris

www.editions-delcourt.fr

KBOOKS